異世界拷問姫 2

綾里惠史
Keishi Ayasato
鵜飼沙樹
illust.Saki Ukai

Kadokawa Fantastic Novels

「妳沒事吧，伊莉莎白！」
「……嗯？」

伊莉莎白一絲不掛地坐在床上。
兩人視線交會、錯開，眨眼，發出傻氣的聲音。
「……咦？」
「……嗯嗯？」

晴天，氣溫高，沒跟惡魔戰鬥。

今天一整天都在跟櫂人大人一起擦窗戶。
爬梯子擦高窗對櫂人大人來說似乎很吃力，
不過有很多地方要合力進行，小雛非常非常開心。
伊莉莎白大人今天無所事事了一整天，
不過在整理私人物品時發現了遊戲牌，
所以晚上大家一起玩了牌。
伊莉莎白大人第一名。
（出了老千。技術甚至可以瞞過我的雙眼……果然厲害！）
最後一名是櫂人大人，他慘敗了。（多麼可愛呀！）
兩位的心情都不錯，
今天也是幸福得令人難以置信的一天！

今日餐點…………………油封牛舌佐雞肝慕斯、
燉精牛臀臟佐芥茉醬、
桃子湯、蘋果塔。
伊莉莎白大人的反應…妳是天才啊，小雛！（過獎了）
今天的櫂人大人………櫂人大人今天也是世界上最帥氣可愛最惹人憐愛最溫柔
大慈大悲凜然生威又美麗、名震天下的完美之人！
今天的櫂人大人2……踮起腳尖擦窗戶的櫂人大人實在棒到極點了。

誠心希望明天跟後天也能是這樣的日子！

異世界拷問姫

Fremdtorturchen

2

綾里惠史
Keishi Ayasato
鵜飼沙樹
illust.Saki Ukai

Kadokawa Fantastic Novels

1
混沌的開始

這兒是一整面廣大的墓地。

像是被生者徹底遺忘的荒地上豎立著無數墓碑。這座下方有被打下死者沉眠印記的山丘，看起來簡直像是淒慘的針插。

在颼著冷風的裸露地面上，如今站著兩道人影。

其中一道是身穿束縛風煽情黑洋裝的絕世美少女。

她的白皙藕臂與腋下毫無遮掩地曝露在外，胸口也只用皮帶蓋住，形狀姣好的乳房有一半以上都露了出來。覆蓋在纖纖細腰上的黑布連接著短裙，後面長長地拖著一大片從內側染成深紅色的裝飾布，看起來就像斗篷似的。以紅色為背景，被薄布裹著的美腿看起來更加顯眼。然而不可思議的是，這副模樣卻沒給見者帶來狐媚的印象。

將走光衣裳穿得像是女王正式裝扮的她瞇起那對有如寶石般的紅眼。

「那麼，『公爵』，你要怎麼辦呢？這樣下去你會像蟲子一般被玩弄殺害，加入死者行列成為其中之一喲。至少也讓余稍微樂一下如何？」

她對站在眼前的對手露出著實邪惡的傲慢笑容。

在她面前的是「惡魔」。既扭曲又醜惡，確實是只能用「惡魔」來形容的異形。那東西的模樣就像是用肉造出來的棺材。

蓋子閃著醜惡的光輝，血管與臟器有如浮雕浮現脈動著。棺材側面長出以無數人臂互相纏繞而成的異樣翅膀。

這個「惡魔」——「公爵」正是廣大墓地的管理者，也是催生此地的父親。

很久很久以前，獸人與人類在這裡擦身而過，並以此為導火線引發了嚴重的流血事件。在那之後，附近的村人們就將這座山丘視為「禁忌之地」，長久以來一直對它敬而遠之。而「公爵」就是看上了這一點。

這座山丘遭他利用染上更多怨念，再也無法變回人們居住的地方了吧。

「公爵」在墓碑下方活埋了無數犧牲者。

「公爵」將他誘騙來的人關在棺材內，一邊從通氣口供給空氣與糧食，一邊用消化液一點一點地融解他們。

據說犧牲者們活著卻面臨幾近崩潰的恐懼，最後都陷入瘋狂，一邊大吼一邊哄笑。那些悲痛聲音有如狂風撼動山丘，令路過者心驚膽顫。然而「公爵」在這十多天以來對這種殘酷作為有所節制，因此現在連這種聲音都中斷了。

該捨棄熟稔的山丘逃亡嗎——「公爵」感到很煩惱。

他耳聞降伏最強惡魔「皇帝」的斷罪者正逐漸逼向自己。可是「公爵」因為擁有超越人類智慧的能力者所特有的傲慢讓他對逃亡感到遲疑，無視本能所敲響的警鐘。

而這一點變成了致命傷。

如今，他被這世上唯一能屠殺惡魔的稀世大罪人逼至絕境。

身為大罪人，同時也是斷罪者的小姑娘身穿黑色洋裝，口中繼續吐出更加挑釁的話語。

「怎麼了，『公爵』？就算默不作聲浮在半空中，事情也不會有任何改變喔。哎，雖然討饒話語我不會聽進去，也不容許你逃亡就是了。制裁的時刻到了喔，你會在這裡被跟自己同樣是罪人的余殺害，難看地死去。」

「伊莉莎白……伊莉莎白……妳這小丫頭…………！」

「你是明白的吧？死亡來臨了，在你面前之人正是死亡。」

被喚作伊莉莎白的女孩嫣然一笑。

在那個瞬間，「公爵」發出怪聲，有如子彈般飛向高處。「公爵」讓由人臂構成的翅膀以異常的柔軟度彎曲，像鑽子一樣旋轉，一邊跟地面拉開距離。

停止上升後，「公爵」打開棺材的蓋子，從縫隙中射出也用來當成墓碑的木樁。每一發木樁命中地面，大地都會因為衝擊力而高高捲起，棺材跟人骨也會被撒向四周。然而伊莉莎白卻用最低限度的步法閃避中彈位置，逃開它們的影響範圍。

她做出有如表演舞蹈的華麗動作，就像連小碎石的軌跡都能看見似的。

伊莉莎白歪頭令黑髮飄揚在空中，木樁從那旁邊通過，穿到遙遠的後方。

伊莉莎白若無其事地移回臉龐聳了聳肩。

「——————就只有這樣？」

「伊莉莎白啊啊啊啊啊啊啊啊啊啊啊啊啊啊啊啊啊啊啊啊啊啊啊啊啊！」

自身之力不管用的恐懼，更重要的是被嘲笑的屈辱，讓「公爵」大吼。

形成翅膀的手臂痛苦地在空中抓搔，膨脹伸長後，有如肉製的多頭蛇逼向伊莉莎白，張開在那些掌心上的無數嘴巴打算將她吞下。

伊莉莎白微微一笑後，移動了白皙手臂。紅色花瓣與黑暗在半空打轉。

她毫不猶豫地將手伸入其中，抽出刀身散發著紅光的長劍。

「弗蘭肯塔爾斬首用劍（Executioner's Sword of Frankenthal）！」

伊莉莎白高聲叫喚劍名，刻劃在刀身上的文字同時發出光輝。

『在你的行為之中，讓你自由吧。願神成為你的救世主。不論是起始或是過程跟終結，均在神的掌握之中。』

伊莉莎白將劍尖指向「公爵」，無數鎖鍊聽從這個指示從半空中出現。它們有如巨蛇變成一整束，接著奔至「公爵」身邊。鎖鍊與翅膀宛如比較力量般正面碰撞，在一瞬間的均衡過後，鎖鍊貫穿了「公爵」的翅膀。

手指與肉片，還有大量血潮被灑布至空中。

「公爵」發出慘叫，途中自斷翅膀將其捨棄。「公爵」一邊發射牽制用的木樁，一邊用短翅搖搖晃晃地飛行試圖拉開距離。然而如同宣言，伊莉莎白並不容許他逃亡。

宛如執行死刑的信號，她揮落發出紅色光輝的劍。

「──────『法拉里斯的公牛（Bull of Phalaris）』！」

發出叫聲的同時，大地劇烈搖晃，丘頂颳起黑暗與花瓣的風暴。

巨大的黃銅公牛從那邊出現，發出地鳴聲降落在大地上。

牠的嘴大大地在「公爵」面前張開，「公爵」咻的一聲被吸入其中，就像被牛的呼吸捲進去的蒼蠅。紅色花瓣同時撒落在山丘上，在墓碑上點燃火焰。

火焰炯炯燃燒，公牛的胴體開始燒熱成黃金色。

結果，在裡面的「公爵」就這樣慢慢被燒烤起來。

現場響起像是牛叫的聲音。施加在公牛頭部的機關將「公爵」的慘叫轉換為類似牛叫聲。就像曾經撼動山丘的犧牲者的哀號，慘叫聲長長地持續著。

從這些聲音之中，伊莉莎白聽到「公爵」用精神波發出的懇求，所以她瞇起眼睛。

『好燙，好燙啊啊啊啊啊啊啊啊啊啊啊，救我救我，伊莉莎白救救我不要不要啊啊啊殺了我。至少、至少讓我好死啊好燙好燙呀呀呀呀呀！』

「……少說蠢話啊，『公爵』。這就是拷問者的下場喔。你這種慘叫聲正適合用來妝點專制者的末路——說起來，你為何要懇求我？我是不可能允諾的吧——你以為余是何人？」

身為冷靜又公平的處刑人，伊莉莎白否決了懇求。在「公爵」感受激烈痛楚的同時，伊莉莎白一邊等待脂肪脫落、肉被燒爛，骨頭被燒熱有如寶石般發出光輝，一邊報上名號。

「余之名為『拷問姬』伊莉莎白．雷．法紐，是高傲的狼，也是卑賤的母豬。」

是正常的精神因痛苦而燒盡了嗎？最後慘叫變成了笑聲。

「公爵」的哄笑聲讓「法拉里斯的公牛」發出特別高亢的聲音，不久聲音便中斷了。

伊莉莎白彈響手指後，火焰平息，「法拉里斯的公牛」也化為紅色花瓣消失了。它的內部飛出惡魔死亡的證明——大量的黑色羽毛。

那些黑色羽毛發出青藍火焰燃燒殆盡，伊莉莎白靜靜閉上眼瞼。她仰望天空——有如在遙思犧牲者與「公爵」的死般保持沉默——然後開了口。

「唔，吃飯吧！」

「是的！讓您久等了！」

「不，等一下，這順序很怪啊。」

伊莉莎白如此說完，現場傳出開朗的回應跟傻眼的聲音。

在山丘的山腳處，抱著籃子的銀髮女僕忽然現身。她戴著可愛的女僕帽，拎著古典長裙襬惹人憐愛地跑著，跟在後方的是一名目光凶惡的少年。

身穿不合適的執事服，眼睛跟頭髮都是淡褐色，體形細瘦的少年——瀨名櫂人臉龐憔悴地趕往伊莉莎白身邊。看樣子他似乎餓著肚子。

他雖是普通人類——不只如此，還是「曾經死過一次」的人——卻擔任拷問姬伊莉莎白·雷·法紐的隨從。

櫂人會像這樣在她底下工作，有著深層的理由。

開端要回溯至——他在異世界「慘遭殺害」的那個時候。

＊＊＊

瀨名櫂人被親生父親長期虐待，最後在十七歲又三個月時終止了他的人生。

他迎接了有如蟲子般可悲無情殘酷又悽慘的無意義死亡。

一般來說被殺害的人無法得到第二次的人生。然而櫂人的靈魂卻被召喚至異世界，因此得到這個機會。只不過糴人並不想復生，卻被不由分說地強制召喚，還被傲慢的主人下令要他成為隨從。

召喚他的人就是「拷問姬」伊莉莎白·雷·法紐。

是高傲的狼也是卑賤的母豬，受教會之命要殺害與十四階級惡魔締結契約的人們，在那之後自己也會被處死的大罪人。被迫復生體驗各種事後，糴人選擇繼續侍奉她的這條路。

伊莉莎白·雷·法紐腥風血雨的生涯中，總是有一名愚笨的隨從。

他選擇了為了被如此談論而活的人生。

然後，伊莉莎白的惡魔狩獵──今天也一如往常地順利進行著。

「好吃──────────────────────啊！」

吃了一大口三明治後，伊莉莎白發出孩子般的叫聲。

她喜歡吃內臟料理，所以內餡也使用了符合這項原則的食材。

將圓麵包烤得香噴噴，接著在上面放厚切鵝肝與新鮮洋蔥，再夾上番茄，然後抹上濃厚的紅酒醬汁。將法國麵包切成片狀塗滿肝醬，再放上蜂蜜醃漬無花果，然後撒上黑胡椒。其他還有清除口腔味道的醃蔬菜跟雞蛋料理等等，籃子裡面看起來就像一座花田。

伊莉莎白浮現滿面笑容，感覺甚至可以在她頭上看見貓耳開心地輕輕搖動，剛才為止那副既伶俐又毫無慈悲心的另一面跑去哪裡了呢？

銀髮女傭在她身旁手持裝著白酒的小瓶子，楚楚動人地露出微笑。

「希望這些料理能合櫂人大人的主人伊莉莎白大人的胃口。」

「唔，妳料理的手法很了得啊，小雛！櫂人連一道菜都做不出來，又是死腦筋的廢物，不過就只有啟動妳這件事要誇獎他也行呢！」

「我覺得自己在各種方面也付出了一定程度的努力啊。」

「唔，是你多心了吧！」

「是嗎，我多心了啊？」

既然是多心那就沒辦法了——如此心想後，櫂人用疲倦的表情咬了一口三明治。

因生前的經驗使然，他對食物完全沒有任何執著——只要是沒有加清潔劑或下藥的食物，不管什麼東西都無所謂——不過他確實覺得這個三明治很美味。櫂人吃完一個後，女傭從旁邊探頭望向他的臉龐，翠綠色眼瞳閃閃發亮。

「櫂人大人覺得如何呢？合您的胃口嗎？」

「嗯嗯，很好吃。妳還是一樣厲害呢，小雛。每天都替我們做料理真是幫上大忙了。」

「怎、怎麼會，櫂人大人！片刻都不離開您身邊，從今而後也能每天做飯給您吃，這種事……這種事理所當然天經地義是我求之不得的大勝利！」

「你們在那邊爭吵啥啊？」

「不，很遺憾，我並沒有說什麼喔。」

雖如此回應，櫂人仍隔著女傭帽輕撫雀躍歡呼道「櫂人大人，櫂人大人，呀！」的女傭——小雛的頭。她開心地露出微笑，似乎還可以看到她後面有小狗尾巴啪啪啪地搖動。

小雛是櫂人啟動的機械人偶。初期啟動時，櫂人將她與自己的關係選擇為「戀人」，因此她對他產生了情愫。不過小雛有云這是自身意志決定的情感，所以她超越了設定範疇，打從靈魂深處愛著櫂人。

而且，小雛今天也最喜歡他。

她「呀！呀！」地親近櫂人，伊莉莎白在一旁吃了第二、第三個三明治，一邊用單手拿起玻璃酒杯點點頭。

「哎呀，也解決了一個討伐惡魔的工作，這頓午餐真的很不錯嘛！讓確實冰鎮過的白酒流進充滿鵝肝濃厚甜味的嘴裡也很棒呢！」

「今天我準備了用精靈製造的冰充分冰鎮過的辣口酒。」

「哎……嗯，確實我也覺得不錯，只不過……」

如果這裡不是墓地，也不是剛才火烤過「公爵」的地方就好了。

櫂人無力地低喃。

偏偏他們是在「法拉里斯的公牛」消失的山丘上吃著午餐。

地上雖然鋪了小雛帶來的鋪巾，卻仍是犧牲者們跟「公爵」死去的場所。然而，伊莉莎白卻對櫂人無精打采的表情發出哼笑。

「哈，你在說什麼啊？這裡原本就被視為『禁忌之地』，卻還是有一部分人民不相信迷信，將它當成休憩場所使用……只不過那些傢伙也是率先成為犧牲品就是了。即使如此，仍然沒有改變這裡本來就視野遼闊又通風的事實。不過吾等離去之後，這裡會被當成汙穢之地加以封印吧。雖然它確實是累積了太多怨念，不過講起來還是令人感到落寞啊。」

「哎，這樣說也是呢。」

「吾等連一滴淚水都不會流下，所以就算祈禱也沒意義。像這樣做也算是一種弔祭。來，喝吧，櫂人。」

「好喔。哎，不管哭泣或是祈禱都沒意義，這件事我同意就是了。」

「也有甜點喔。今天是各式各樣的水果塔！請由伊莉莎白大人開始享用吧。」

小雛從隨身行李中取出小上一圈的籃子，然後掀開蓋子。伊莉莎白雙眼發亮，開始選擇要吃哪一個。小雛用姊姊般的沉穩表情注視這一幕。櫂人一邊看著兩人和睦的模樣，一邊輕輕吐出氣息。

他眺望淡藍色的天空。情況雖然扭曲，現狀卻很平穩。一切都進行得很順利。他渴望的日常生活被守護著——就是因為這樣，他才細細品嘗著胸口的苦澀不安。

（沒錯——一切都進行得太順利了。）

十四惡魔的頂點「皇帝」的契約者——弗拉德・雷・法紐。

降伏命中註定的對手後，伊莉莎白的惡魔狩獵勢如破竹地進行著。前幾天也降伏了「大總裁」。「大總裁」是比「公爵」位階還低的對手。找出敵人在哪裡的過程雖然棘手，戰鬥本身卻無疑是單方面的蹂躪。

十四階級的惡魔——騎士、總裁、大總裁、伯爵、大伯爵、公爵、大公爵、侯爵、大侯爵、君主、大君主、王、大王、皇帝——與人類訂下契約，以此降臨於世。他們會跟契約者融合，將肉體變化為異樣風貌，相對地也會賜予契約者龐大的力量。

惡魔可藉由神明創造物的悲嘆——特別是人類的痛苦——取得力量。就是因為這樣，如今在這個世界裡，惡魔與其部下「侍從兵」也給各地帶來了損害。

階級愈高，惡魔的力量就愈強。而且就算是最下級的「騎士」，如果不是受教會賜予特殊裝備的聖騎士，就算準備了軍隊也無法與之抗衡。如果是最上位的「皇帝」，一般認為現世之中還沒有人能夠對抗那股力量。

（除了單靠一己之力就從自身領民與許多人類那邊收集痛苦，能運用的惡魔之力跟惡魔一樣甚至在那之上的女人——「拷問姬」伊莉莎白・雷・法紐。）

前陣子，她降伏了有著深切因緣的「皇帝」。

既然打倒了最強的對手，對伊莉莎白來說或許已經沒有敵人了。不過，這樣卻讓權人感到困擾。

討伐完十四階級的惡魔後，「拷問姬」就會因為虐殺自己的領民與無辜人們的罪行遭到處刑，而且此事已成定局。也就是說，她每達成一項使命，就會朝處刑台爬上一階。而且「拷問姬」的隨從櫂人也會被送去異端審問，註定也會走上同樣的道路。

他在同意這個結果的前提下留下來當她的手下，然而不衝上樓梯仍是再好不過的事。櫂人抱持著這種不安，心情沉重地開口說道：

「欸，伊莉莎白？」

「幹嘛，櫂人？石榴果塔是余的東西喔。嗯？你那張臉是怎樣啊……真拿你這傢伙沒轍，就讓你在邊邊咬一小口吧。聽好嘍，萬一咬太大口，光是鞭刑可沒辦法了事啊。余一定會拿出『九尾貓鞭（Cat o'Nine Tails）』——」

「我不用了啦，妳好好享用吧。對了，妳打倒了『皇帝』吧？」

「唔，是啊。呵呵呵呵呵，真弱啊，弗拉德那傢伙。唔嘻嘻嘻嘻。」

「別那樣笑，好可怕。然後啊，妳姑且算是打倒了最強的『皇帝』……對妳來說，已經沒有敵人了不是嗎？這樣下去的話，惡魔狩獵也能輕鬆地——」

「愚蠢，這就叫粗心大意。」

伊莉莎白咬了一口酥脆的水果塔後，用刀刃般的銳利聲音回應。

一瞬間前那副看似喜歡惡作劇的小孩的天真無邪表情如幻影般消失，之後殘留的是嚴肅的武人面容。櫂人瞪大雙眼。

她舔舐紅脣後，瞬間抹去剛才的緩和氛圍，接著說道：

「弗拉德被教會下了枷鎖，而且也沒跟『皇帝』融合。回想起來吧，面對最高位的惡魔，同時也是頂級獵犬『皇帝』本身時，我跟小雛完全不是敵手——被召喚至弗拉德身邊直接殺害他，吾等才獲得勝利。如果弗拉德跟『皇帝』合體，就沒有方法可以敵過他了吧。」

「這樣啊……」

「弗拉德就像是因為他的美學而自滅。哎，畢竟那個男人會認為比起捨棄尊嚴，不如死掉要好一些啊……失去弗拉德這個觸媒，『皇帝』也因此消失，不過面對其他高位惡魔時不可能同樣有這種好條件。雖然余認為再怎麼說也沒有『皇帝』這種強度的惡魔……特別是余對『大王』之事完全一無所知。」

「『大王』？」

「位階僅次於『皇帝』的高位惡魔，其契約者只對弗拉德推心置腹。就連余以弗拉德之女的身分被迫參與惡魔會議時也沒見過那傢伙…………仔細想想，『大王』是個有很多謎團的敵人啊，這種狀況令人不快。」

「唔」的一聲低喃後，伊莉莎白咬了下一個水果塔。莓果果醬被壓扁，在那對脣瓣上染上紅色汙漬。她一邊思考某事一邊舔舐蔥白玉指，然後望向櫂人那邊。

「嗯？你不吃嗎？」

「啊，嗯嗯。」

「唔，不管是何種戰鬥，情報都很重要……這塔皮真的很不錯……有事先進行調查的價值啊……這種酸味跟甜味的平衡度還真不賴……如果有資料就好了呢……鮮奶油融在口腔裡的感覺可謂絕品呢……這麼一想，應該更早一點去找尋才對喔。」

「食、食評跟想法混雜在一起了。」

「決定了，吃完就移動吧。」

伊莉莎白將上面盛滿卡士達醬的一片水果塔扔進嘴裡後，如此宣言。收拾杯子的小雛歪了歪頭，身邊的櫂人也輕輕舉起一隻手。

「妳說移動，是要去哪裡啊？」

「那還用說，『大王』的熟人就只有弗拉德一人而已——所以要去他的城堡喔。因為就性格而論，弗拉德逃出教會逃進故鄉時，為了讓自己的城堡住起來更舒適，應該會從祕密倉庫那邊把很多東西帶進去吧。」

櫂人想起數個月前的事。

他們在弗拉德的城堡——伊莉莎白的故鄉進行了一場轟轟烈烈的戰鬥。如今就算已分出勝負，那座城堡仍然跟成為墓地的城市一起被嚴密封鎖著。

伊莉莎白拿著最後一個水果塔站起身。

「或許還殘留著貴重的情報。」

咬了一口葡萄水果塔後，伊莉莎白一邊舔嘴脣一邊如此宣布。

＊＊＊

結果正如伊莉莎白所料，也可以說是大大地落空。

「唔唔唔唔，臭弗拉德，臭弗拉德。」

「啊……果然呢。」

弗拉德確實將很多東西搬進城內，不過都是以重現伊莉莎白的小孩房的家具、調理器具以及骨董品這一類的物品為主。雖然也有魔術用品跟用來製造機械人偶的東西，卻完全沒有跟惡魔同胞有關聯的東西。

在弗拉德的房裡，伊莉莎白粗暴地在桌子上翻找東西，櫂人則是在她後方搜索寶石架。他一邊望著華麗的大量裝飾品，一邊有些傻眼地思考。

（哎，的確……他也不像是對同胞這麼有興趣的傢伙啊。）

櫂人可以理解。在他身後，伊莉莎白將她從書架上拿出的幾本書——似乎是料理食譜集——狠狠摔到地上。

「可惡，那個臭傢伙！直到最後都把別人當傻瓜耍！帶來的東西居然都是為了讓自己能生活得很舒適，身為惡魔總帥真是爛到極點啊！」

「哎呀，真的像是這樣呢。」

「佘知道教會回收了那些機械人偶，不過除此之外的魔術用品也都是限定個人使用的不是嗎！」

「反過來說，他或許有注意不要留下跟其他惡魔有關的物品呢。」

「哈，那傢伙是會考慮到這種事的男人嗎？反正他只是覺得自己看不上眼的那些人會怎樣都無所謂啦，哇噗！」

伊莉莎白一邊抱怨一邊抓住辦公桌抽屜的把手，然後猛然拉開。裡面瞬間飛來一塊黑布，從頭到腳包住了她。

「等一……這是啥啊，咳咳！」

伊莉莎白化為一團黑色。不過從她倒地蠕動的模樣看來，急迫性似乎不高。小雛丟下搜索床鋪的工作，衝到她身邊準備進行援救。

「沒事吧，伊莉莎白大人？嗯——似乎沒事呢。我現在就拉您出來，請稍微忍耐一下，唔嗯！」

「哇，咕噗……小雛……等一……那邊，會痛，動作慢一點，咳咳！」

「喂——別勉強喔——」

櫂人姑且出聲搭話，卻還是決定繼續自己的工作。他將用黃金打造的西洋棋棋子移向旁邊，把蜂翅裝飾很精美的胸針放回裡頭。

（雖然都是可以賣很多錢的東西，卻也沒有其他用途呢……嗯？）

櫂人停下手邊的動作瞇起眼睛。在寶石之中放置著一個塗上消光黑的方盒。不知為何，那個東西讓櫂人感到莫名在意，所以他伸出了手。然而試著打開後，貼著深紅色天鵝絨的內部卻是空空如也。

（……是我多心了嗎？）

他準備蓋上蓋子。在那瞬間，半空中浮現蒼藍文字。

【給我親愛的後繼者（For My Dear）】。

「——咦？」

回過神時，應該空無一物的盒子底部擺著一顆材質不明的透明石頭。它的表面浮現虹色光彩，在那下方則是封入了藍薔薇的蓓蕾，被緊緊封閉的花瓣四周有黑羽如雪般飄動，簡直像用魔術造出來的雪花水晶球。

「…………這是？」

櫂人回想起弗拉德使用魔術的模樣。他驅使著不同於伊莉莎白的藍色薔薇，而且黑羽毛是惡魔的象徵。

櫂人伸出手小心翼翼地抓起石頭。熟悉的熱度在掌心擴散。

櫂人皺起眉。這股熱量明明像是小小火焰，又隱約有著生物般的感覺，跟靈魂在人造人（Golem）內部蠢動時所產生的感覺很像。

「伊莉莎……」

才剛發出聲音，櫂人又閉上了嘴。迷惘數秒後，他用手帕包住石頭，輕輕將它滑進口袋裡。櫂人有如什麼事都沒發生地望向後方。

「不要緊的，伊莉莎白大人，再等一下下就替您拿掉這塊布喔。唔嗯！」

「不，等一下。拉那邊余的頭好像也會被摘下來求妳了等一下喂小雛～～」

差點就要發生大慘劇時，櫂人連忙衝過去制止。

他將手放到小雛的肩膀上要她稍候，然後對蠕動的塊狀物搭話。

「喂～伊莉莎白妳還活著嗎？」

「在幹什麼啊，還不快點救余嗎，櫂人？再過一下下余就要死掉了喔！」

「真的假的啊，這樣不是很糟糕嗎？」

他慎重地拿掉勾在伊莉莎白臂飾上的布。小雛說了句「恕我失禮」故意輕咳幾聲清清喉嚨後，再次發揮那股與纖細手臂毫不相稱的臂力。

「唔嗯！這次如何呢，伊莉莎白大人？」

「噗啊。好，好啊，小雛妳幹得好！如果是從這道縫隙……」

伊莉莎白平安無事地從黑布裡面滾出來。她四肢著地趴在地上。或許是沒察覺到從背部到臀部的曲線變得很嬌媚，伊莉莎白搖了搖頭，甩亂美麗黑髮大叫：

「弗、拉、德！這不是寵物偷吃飼料時使用的管教道具嗎！那個男人一定是猜想到余會未經許可打開抽屜，才安裝了這個陷阱要整余啊……已經夠了，回去吧！反正也不會發現什麼東西！」

伊莉莎白終於失去理智，站起身跨出大步。然而她在入口附近忽然停步，將臉轉向左手邊的牆壁。

「等一下——冷靜思考的話，也有東西可以使用啊。」

伊莉莎白突然抓住裝飾在那邊的劍。不知道做了什麼樣的加工，融掉的紅寶石描繪著完美螺旋纏繞如針一般的細長刀身。

它看起來似乎不是用來實戰的物品。櫂人如此判斷時，伊莉莎白揮劍低喃：

「——燃燒（La）吧。」

現場發出水蒸發般的聲音，紅寶石從末端開始化為火焰。就像被賦予生命似的，火一邊釋放熱量一邊搖曳。

伊莉莎白靈巧地旋轉燃燒的劍，將它的握柄遞向櫂人。

他小心翼翼地接過來後，火焰瞬間凍結變回紅寶石。

「哇，這是啥啊……好猛喔。現在是什麼情形？」

就在櫂人用手輕戳之際，伊莉莎白表情認真地雙手環胸。

「櫂人，你有意要學習魔術嗎？」

「啥，魔術？妳在說什麼啊，我不可能有辦法使用魔術吧？」

「也不是這樣。身為人偶的你，體內流著余那含有芳醇魔力的血液——而且弗拉德有叫你當他的繼承人吧？」

想起當時的事雖讓櫂人瞬間無言，但他仍點了點頭。伊莉莎白伸出白皙手臂觸碰他的胸口，用塗成黑色的指甲輕敲他的心臟上方。

「弗拉德是冷靜的狂人。他的思考方式雖然異常，眼光卻很可靠。既然被弗拉德看上，就表示你跟惡魔之力應該很合得來……雖然再怎麼說余也無意讓你吃惡魔的肉，不過應該有磨練魔術素養的價值才對。哎，雖然自由自在地從余之血中引出魔力對你來說是不可能的事情就是了。不過只是使用初步的闇之魔法，這種程度應該不會有困擾吧。」

伊莉莎白「嗯嗯嗯」地點頭，櫂人伸手按住自己的心臟。

他體內確實流著伊莉莎白的血液。先不論是否能自由使用，光就潛在魔力量來說，可說處於遠遠超越常人的狀態。

「雖然有小雛在，但你本人還是一樣無力啊——伸出手臂。」

「手臂？來。」

「會痛喔。」

伊莉莎白簡短說完，滑過手指。紅色花瓣飛舞，櫂人的手掌被深深割裂。

同一時間，一道黑影站到了伊莉莎白身後。她冷靜地舉起雙手。

「聽好嘍，小雛——闇之魔法會伴隨苦痛，這種程度妳就睜一隻眼閉一隻眼吧。」

「……請務必先取得同意後再動手。就算是親愛的伊莉莎白大人，如果傷害我最愛的大人——也會輕易成為殺害對象，請您不要忘記。」

小雛如此低喃後，移開反射性抵住伊莉莎白脖子的小刀。

伊莉莎白聳聳肩，從櫂人手中搶過長劍，再次將劍柄遞向他。

「首先是初級篇。用受傷的手握住這個，以血為媒介試著發動裝在劍裡的魔術吧。要領跟讓魔力流入刻在腹部上的召喚陣一樣。」

「嗯嗯，我試試。」

櫂人乖乖接過劍柄。被粗糙的裝飾壓迫，傷口感到痛楚。然而櫂人長期受到近乎拷問的虐待，對他而言這種程度的痛苦跟沒有一樣。

（以讓魔力流入召喚陣的要領去做，是吧？需要更多血嗎？）

櫂人將劍柄握得更緊，自行讓鮮血溢出。紅色血滴從掌心滴落。

櫂人回想傷口受魔力影響，如燃燒般變熱時的感覺——幸好瀨名櫂人因生前經驗而擁有一項技能，就是他不會忘記伴隨痛楚的情報。他輕易做出以伊莉莎白的血為動力來源在體內移動燃燒的意象，然後低喃：

「——燃燒吧。」

紅寶石發出華麗聲響，化為流動的火焰。

「不愧是櫂人大人！」

「哦？就初學來說幹得很好嘛！學習速度挺快的不是嗎！」

兩人發出稱讚聲。櫂人一邊做出回應一邊將意識傾向口袋裡的石頭。他覺得自己一掌握到啟動魔道具的方法──它就像在引誘似的產生了脈動。

（若如我所料，這就是──）

「哎，這在初級篇裡也算是初級中的初級啊，地獄從現在才開始喔。打鐵趁熱，在弗拉德這邊隨便搜刮一些看起來可以使用的武器，回余的城堡進行特訓吧！」

「的確，事先學會跟惡魔戰鬥的方法比較好啊。不過，還請妳手下留情喔。」

「唔，這個不可能啊！」

「妳說不可能啊。」

治療好櫂人掌心的傷口後，伊莉莎白英姿颯爽地來到走廊上。小雛與櫂人跟隨在後。

三人也去了其他房間，回收數件武器跟道具後便鑽過城門。

他們在殘留著人骨的街道上前進，前往跟移動陣連接在一起的廣場。伊莉莎白在石板地上敲響腳跟，紅色魔法陣再次浮現。赤紅花瓣在空中亂舞，化作壁面包圍三人。花瓣一邊旋轉一邊互相融和，漸漸變成血液。

圓筒狀血幕落下後，三人的身影從街道上消失。

他們順利地在伊莉莎白的城堡──設置在地下室的移動陣上──現身。

通道流動著類似呻吟的聲響，而且有著霉味。三人在這樣的通道上移動，爬上樓梯前往城堡的樓上。

「先喝杯紅茶休息一下吧？余記得剛才有人提過還有水果塔啊。」

就在伊莉莎白這麼說著打開飯廳門扉之際。

嘰哩——吊燈發出磨擦聲。

一名眼熟的人物被鎖鍊捆綁——脖子被吊起來掛在那兒。

＊＊＊

「————！什……！」

黑色人影發出嘰哩嘰哩的刺耳噪音搖晃著。

被吊起來的人物看起來就像吊燈新加上去的一部分裝飾品。在銀臂之間纏繞著無數道鎖鍊發出閃亮光輝，一邊緊緊地嵌進人影的脖子。

骨頭以異常的角度折向一旁。被吊起的人物應該已經沒命了吧。

抬頭仰望淒慘的屍體後，櫂人跟伊莉莎白大叫：

「「肉販！」」

遭到殺害的人是「肉販」。他是前來伊莉莎白的城堡兜售肉品的亞人商人，全身被他平常就很喜歡穿在身上的破黑布所覆蓋。

那張臉深埋在兜帽狀布片的陰影下方，依舊看不見。不過就算不確認表情，從那悽慘地彎曲的脖子仍能看出他已經死亡的事實。

小雛壓住嘴角，茫然低語。

「……『肉販』先生？為何會在這種地方？」

「不曉得……究竟發生了什麼事？」

櫂人搖了搖頭。他為何會被殺害，又究竟是誰下手的呢？

就在三人因緊張而繃緊臉龐的瞬間，「肉販」的屍體緩緩旋轉了。那東西發出活力十足的聲音，就像要回應充斥於現場的疑問似的。

「三位，有敵人喔！敵人過來了！」

「屍體說話了！」

「不會吧，怎麼會這樣！」

「沒能成佛嗎！」

「嗯——沒人對我活著一事感到喜悅，我從這裡感受到了深深的愛啊。」

被吊著的「肉販」就這樣抗議似的左右搖晃身軀。豪華的吊燈「嘰哩嘰哩」地發出磨擦聲，從「肉販」的黑布下襬微微露出的長滿鱗片的手臂也跟著搖晃。

「……嗯，手臂？該不會緊緊嵌著那條鎖鍊的不是脖子，而是尾巴吧？」

「大人明察！所以我雖然處於倒立狀態，卻還活著呢！快被敵人吊住脖子時，我立刻在衣服裡面讓身體上下顛倒！敵人沒察覺到我的尾巴代替脖子被吊住，然後他就離開了！哎呀呀，真的是好險呢。」

「咦，這不可能吧，是變戲法啊。」

「身為『肉販』，當然會這種小技巧。」

「真的假的，『肉販』好厲害喔。」

哎呀，你還活著真是太好了，真的呢哈哈哈——兩人悠哉地交談著。

就在此時，伊莉莎白突然歪過頭。

「等等，『肉販』啊，你剛才說有敵人，是誰把你吊在余的城堡裡？」

「啊，是呢！有敵襲喲，伊莉莎白大人！我是『肉販』，所以老實說，您與惡魔的戰鬥我覺得怎樣都行，打從心底不感興趣呢。」

「你還挺急著找死的嘛。」

「不過剛好撞見的話又另當別論了！有惡魔來這座城堡喔！那傢伙從全身釋放出真的很邪惡的氣息！惡魔說要把我吊在這裡做為自己來過的證明，然後在別的房間等待伊莉莎白大人歸來……啊，等等，請把我放下來啊啊啊啊！」

伊莉莎白等人背對發出慘叫的「肉販」回到走廊上。她大步在宅邸內前進。

櫂人從後方對伊莉莎白提出問題。

「妳知道惡魔在哪裡嗎？」

「哈，在獨一無二的『拷問姬』城堡裡做出如此大膽狂妄之舉的愚者，這種人會選擇的地方只有一個喔——煙霧跟笨蛋都喜歡高處啊。」

伊莉莎白撂下此話後，在光線從彩色玻璃高窗灑落的通道上前進。

爬上螺旋階梯後，她推開連接王座大廳的巨大雙開式門扉。

風吹向臉龐。王座大廳是在台座上設置豪華王座，還有並列著古董掛毯的充滿威嚴的空間。然而，自從被「騎士」的野獸襲擊，這裡就崩壞了四分之一。

不知是覺得麻煩或是意氣用事，伊莉莎白一直很懶得修繕牆壁。

從洞穴窺視到以淡藍天空為背景，有人坐在王座上。

那是一名很適合剪齊肩金髮的紅顏美少年。他搖晃著從短褲中伸出的有如少女般纖細的腳，在小桌上玩弄著擅自拿進來的水果。

「啊——……嗯？」

他用小刀將石榴切開一半後，張開嘴巴。琥珀色眼瞳映著伊莉莎白。

她同時毫不留情地大聲叫道：

「『擺錘（Pendulum）』！」

紅色花瓣與黑暗在天花板中央捲起漩渦。喀啦——沉重聲音響起的同時，被鎖鍊吊著的巨刃也跟著落下，停在半空中。它大大地搖晃一口氣加速後，用閃著刺眼光芒的利刃粉碎王座。然而當煙塵散去，那兒並沒有少年的屍骸。

他在不知不覺間朝牆緣移動。利刃修正軌道，自動逼向少年移動的位置。然而眼看就要被切斷的時候，他再次消失了身影。

回過神時，少年的身影出現在伊莉莎白等人的面前。

「……什！」

櫂人屏住呼吸。然而，伊莉莎白似乎預料到了這個結果。

她舔舐唇瓣，再次揮起手臂。在那瞬間，少年唐突地單膝跪下，就像腳骨折斷似的。他毫無防備地跪下，捲在脖子上遮住頸部的突兀紅披肩映入眼簾。

敵人突如其來的行動讓伊莉莎白皺起眉。

「你這是何意，『總裁』？」

「好久不見，伊莉莎白・雷・法紐大人，弗拉德大人那完成度過高的愛女啊。我對您雖然懷抱著激烈的敵意，卻誠如您所見毫無半點殺意。此次之所以前來造訪，就是為了邀請親愛的『拷問姬』前來吾舍一聚。」

「你說什麼？」

「這裡是邀請函跟伴手禮。請您……請、請您，務必收下。」

憑空抓取用緞帶裝飾的紙盒與信封，「總裁」用顫抖的手臂遞出。確認沒有魔術陷阱後，伊莉莎白眉根更加深鎖，但還是收下了那些東西。

在那瞬間，「總裁」用身體有如被絲線拉住的奇特動作站起身。

他輕柔地皺起臉，生硬地行了一個小丑般的禮。

「請務、務、務必光臨寒舍——期、期、期、期待您的光臨。」

那身軀毫無前兆地倒向一旁。「總裁」臉上一副僵硬不自然的笑容，就這樣噗通一聲被地板吞沒。

伊莉莎白彈響手指將擺錘變回花瓣後，雙手環胸。

「『總裁』——是在『騎士』之後的雜兵，不過他的模樣明顯不對勁啊。」

「嗯嗯，就我看來那傢伙也很怪。那個盒子是什麼？」

「內容物是……烤餅乾啊。喔喔，別亂摸喔。」

盒子裡排放著發出美麗光澤的餅乾，表面塗著果醬的模樣看起來確實很美味。然而，伊莉莎白卻發出嚴肅的聲音，同時彈響手指。

做得很漂亮的餅乾在空中熊熊燃燒化為焦炭。

「因為就算在惡魔之中，那傢伙也最會胡亂向弗拉德獻媚呢。而且我也知道他的能力。那是將手中食物變成毒藥或毒品、適合用來暗殺的力量……所以余預想『總裁』為了不落入余之手，會偷偷摸摸躲到最後一刻就是了。」

「這種傢伙會特地帶著邀請函前來城堡嗎？」

「嗯嗯，沒錯。為何要邀請余？是從何時開始也如此熟悉轉移魔術的？」

她將視線落向邀請函，紙面上刻劃著發出蒼藍光輝的魔術文字。那恐怕是可以對伊莉莎白的移動陣進行干涉，轉移至「總裁」宅邸的字句吧。

櫂人也跟她一樣眉心深鎖。

「搞不懂啊。」

「嗯嗯，正是如此。不過，余就將計就計吧。這條絲線前方潛藏著必須盡快確認的事物，雖然這只是直覺就是了。余有這種感覺。」

伊莉莎白如此宣言，櫂人跟小雛也點了頭。比起「總裁」本身，在他背後窺視的影子更有查探的必要。雖然如此贊同，櫂人卻感受到不祥預感在胸口深處打轉。

（總覺得這種演變很討厭。）

沒錯，就是在他發出咂嘴聲時。小雛按著嘴邊「啊」了一聲。

「那個，就算要移動，也得先把『肉販』先生放下來才行。」

「「啊！」」

這麼一說——伊莉莎白跟櫂人完全忘了他的事。

＊＊＊

三人回到飯廳後，「肉販」正「嘰哩嘰哩嘰哩」地左右搖晃。

看樣子他似乎自暴自棄，拚命試著把吊燈弄掉。

「喂，『肉販』啊。可別把別人的吊燈弄掉喔，喂！」

「哎，明明被捲入跟自己無關的戰鬥，把倖存的我丟在這裡也太冷酷無情了吧，這樣很無理吧？我要嚴正抗議喔！就算吾身就此腐朽死去，第二、第三個『肉販』也——」

「抱歉，余現在就放開你，等著吧——小雛。」

「——好的。」

小雛手中拿著取來的槍斧(Halberd)踹向地面。高高躍起後，她朝鎖鍊閃出斬擊。

小雛銳利的一擊連鐵都能切斷。「肉販」尾巴被解放後，整個人掉到地板上。

他像烏龜一般迅速將尾巴跟手臂縮進黑布裡。「肉販」就這樣靈活地蠕動，沒被任何人看到臉龐地重新穿好衣服。

他宛如徹底復活地做出萬歲姿勢起身，仰望三人並歪了歪頭。

「唔，嗯？三位臉上似乎充滿了緊張呢……美麗的女傭大人甚至還帶著武器……該不會接下來要去某個危險的地方吧？」

「嗯嗯，要去把你吊起來的惡魔——那傢伙的宅邸。」

「居然是這樣。既然如此，請您務必要小心啊，愚鈍的隨從大人。」

「肉販」難得發出嚴肅的聲音。是怎麼了呢——櫂人用視線詢問。

「肉販」將臉龐湊近他，用認真的口氣低喃：

「講起來您或許會覺得『那又怎麼樣』，不過那傢伙身上發出了『壞肉的氣味』。」

總覺得有股不祥的預感呢——「肉販」如此低語。

櫂人也打從心底贊成這個意見。

＊＊＊

將邀請函放在移動陣中央後，紙被伊莉莎白的血液侵蝕，融解消失了。然而刻劃在上面的蒼藍文字殘留下來，順著流動的血潮開始漂蕩。

伊莉莎白、櫂人、小雛站到那上面。移動陣同時染上藍色，然後以猛烈的速度開始旋轉。三人被藍色花瓣包圍。那些花瓣互相黏合變成圓筒形牆壁，從末端開始化為黑色羽毛。羽毛猛然飛舞至空中，然後漸漸消失。

「聽好了，務必不要大意喔。把將要抵達的目的地視為死地。」

「嗯嗯。」

「遵命。」

黑幕消失的瞬間，現場傳出盛大的笑聲。

回過神時，櫂人他們出現在氣派的入口大廳——這裡恐怕就是「總裁」的宅邸吧。

那兒正在舉辦宴會。

「……………啥？」

有如要塞滿地板的大量圓桌被拿到大廳這裡，而且上面擺滿料理。裝飾十分講究的壁爐架上也擺著烤全豬，古老胸像變成放派的架子。軟木塞宛如子彈四處飛梭，人們直接從瓶子跟酒甕喝乾紅酒與麥酒。

是番茄嗎——美麗貴婦用香腸撈起紅色的濃厚醬汁，發出下流聲音狼吞虎嚥。在她身旁，看似農民的少年將赤紅色蛋糕塞滿嘴。不知是不是吃太多了，也有很多人在嘔吐。地板上散布著紅色醬汁跟吃剩的殘渣，還有嘔吐物，在人們的鞋底下被攪拌成黏呼呼的膏狀物。

這正是不講身分地位，盡情歡飲歌唱的吵鬧宴會。

三人面前是一大片華麗的色彩，芳香氣味飄在鼻尖，熱鬧的音樂轟轟作響。銀餐具有如伴奏般鳴響，無數頭豬在咀嚼剩飯般的聲音不斷響起。

「這是啥啊？」

眼前這場醜惡又豪華絢爛的宴會讓權人驚呆了。伊莉莎白在他身旁無言地環視四周。小雛像要保護權人般來到前面後，輕聲喃道：

「……伊莉莎白大人，這股氣味是——」

「余曉得，沒必要告訴大家。」

舉著銀盤的年幼少女以及看起來很溫柔的老婆婆突然走進宴會中。她們綻放沾著紅色汙漬的嘴角笑咪咪的。

少女掀開銀盤的蓋子後，被辛香料妝點的烤全兔出現了。烤全兔的背也淋上紅色醬汁。

老婆婆的眼神雖然有些失焦，卻還是搓著手發出溫柔的聲音。

「哎呀哎呀，是新客人呢。歡迎光臨『總裁』大人的宴會。自從受邀來到這裡後，我們就跟世間的憂愁分隔開來，每天都過著大啖美食的生活。各位也跟我們一起繼續這場豪華絢爛的宴會吧。來，請盡情享用！」

（沒有惡魔的隨從——「侍從兵」的感覺啊，看樣子只是普通人。）

喝酒狂歡的人們——其中甚至有亞人跟獸人——似乎是「總裁」帶來的人。據說「總裁」能將食物變成毒藥或是毒品，但目前人們身上並未出現致命性的異常狀況。料理的成癮性看起來雖高，卻也只有如此而已。

那麼，該怎麼辦呢——就在權人如此思考之際。

「————『斷頭聖女』。」

伊莉莎白輕聲低喃。有如回應那道聲音，黑暗與赤紅花瓣捲起漩渦。

白色人偶貫穿漩渦中心，咚的一聲著地。美貌少女抬起臉龐。

雖然看似「鐵處女」，被冠以聖女之名的那個人偶給人的印象卻大不相同。

聖女身穿樸實無華的純白洋裝，垂著剪齊的沉重銀色直髮，祈禱般閉著眼。與身穿華麗服飾的「鐵處女」不同，「斷頭聖女」身上隱約同時具備修道女氣息的清純與潔癖。

伊莉莎白踩響腳跟。聖女將白皙藕臂交叉在胸前，合起，然後打開。

咻——銳利聲響起，那對手臂滑出兩片四角形刀刃。刀刃瞬間輕撫室內人們的脖子後，激烈地撼動整座宅邸，插上牆壁。

鮮血濺起，人頭咚的一聲墜地。

「————啥？」

櫂人發出傻氣的聲音。

在傾盆血雨之中，聖女完全沒變表情。她再次封閉雙臂，然後打開。

人頭落下，某人彈奏的樂器聲中斷了。烤全兔掉到地上，少女的頭顱就擺在旁邊。老婆婆滿是皺紋的脖子橫向滑開，掉到地板上。

伊莉莎白再次毫無慈悲地準備踏響腳跟。

櫂人終於回過神，用力抓住她的肩膀。

「住手，伊莉莎白！這些人只是普通人類！」

「沒錯，普通人受邀前來惡魔的宴會會變成怎樣呢？」

「妳在說什麼？」

「看看那些傢伙吃的東西吧。」

伊莉莎白冷靜地說完，櫂人掃視圓桌，接著啞口無言。

就算在傾盆而下的腥臭血雨中，宴會的客人們仍狼吞虎嚥吃著料理。肥胖男人將瑪芬塞進嘴裡，津津有味地咀嚼，吞下去後按著肚子。

「咕唔…………啊，啊……咕嗯，嘰，喔嗯嗯嗯嗯嗯嗯嗯嗯嗯嗯嗯嗯嗯嗯嗯嗯嗯嗯嗯嗯！」

他瞪大雙眼噴出鼻水跟鼻血，一邊痛苦掙扎一邊吐出未消化的東西。

紅色嘔吐物灑落在料理上。

櫂人總算發現自己以為是醬汁的東西真面目為何了。

「——那是他身體融解的內臟。」

伊莉莎白毫不猶豫地說出答案。

宴會的客人們難受地吐出被強力毒性料理融解的內臟。然而他們無法抗拒惡魔美食的成癮性，所以連同自己的血肉一起大快朵頤著料理。

眼前的宴會是披著天堂皮的地獄。

「就算要治療也已經太晚了。中毒這件事本身也無藥可救，殺掉他們才是慈悲。」

伊莉莎白毫不遲疑地如此斷言，然後踩響腳跟。

「斷頭聖女」遵從「拷問姬」毫無迷惘的判斷，揮出手臂。

所有人的頭顱都飛了起來，血花將天花板染成鮮艷的紅色。

無數顆頭像果實般在地板上滾動，只剩胴體的屍體癱倒在地。

櫂人硬是嚥下——到頭來他並未說出口——衝到喉嚨的制止話語。小雛像是擔心櫂人的心情似的，輕輕碰觸他的手臂。

將聖女變回花瓣後，伊莉莎白在屍體中邁開步伐。

「——在發什麼呆，要搜索『總裁』了喔。」

「嗯嗯，明白了。來找吧——找到他，然後殺掉。」

櫂人用滲出強烈怒意的聲音如此低喃，跟在伊莉莎白身後。宴會結束的房間裡沒有發出制止聲。

為了殺掉「總裁」，三人開始在館內走動。

＊＊＊

沒過多久，「總裁」在惡魔之中雖是低位階，所作所為卻屬於惡劣類別一事就得到了證實。「總裁」的地獄之宴沒在玄關大廳結束，而是在整座宅邸內舉行。

「真是糟透了，沒想到居然會到這種地步。」

確認宅邸內的慘狀後，櫂人狠狠撂下這句話。

在飯廳那邊，被灑上「總裁」的香料的人們互相吞食喪命了。在廚房那邊，呈現中毒狀態的男子為索求料理而縱向剖開自己的胃，一邊吸食內容物一邊死去。在地牢那邊，年輕母親留下表示她殺死自己的嬰兒並將他吃掉的遺書，然後自殺了。長沙發上有年輕女孩狼吞虎嚥地吃著加了釘子的甜點，直到內臟殘破不堪倒在那兒。中庭的池子裡則全是在蛋糕海中溺死的幼兒。

伊莉莎白踏上通往二樓的大樓梯，一邊回應：

「『總裁』在惡魔之中力量薄弱，比『騎士』還不適合戰鬥，所以總是被瞧不起。因此他一邊用人類抒發這股怨氣，一邊收集痛苦計劃要變強吧……這就像攝取營養試圖長高的小孩一樣。」

「這種事真扯。」

「我也打從心底贊同櫂人大人。」

小雛如此說道，櫂人面無表情地點點頭。

因為怒意超越了一定程度，他反倒是恢復了冷靜。櫂人非常安靜地尋找「總裁」。然而雖然發現有許多犧牲者，最關鍵的少年卻不見人影。

明明主動邀來了「拷問姬」，「總裁」的身影卻消失了。

（在哪裡……會在哪裡？嗯？）

櫂人一邊走在圍繞入口大廳的二樓迴廊，一邊皺眉。

這裡有腐臭的氣味。

在充滿料理芬芳的走廊上，這股惡臭的異質性很明顯。在二樓迴廊以外的房間跟走廊上，連屍臭都被掩蓋在甜點的甘甜香氣與肉類的香味之下，卻只有二樓角落房間飄來的臭味沒能徹底掩蓋過去。

剛才繞行宅邸內部一周時，櫂人他們就確認了這股臭味的來源。

二樓有一個房間塞滿了腐肉。

這恐怕是為了因應愛吃怪東西的人才準備的食物吧。伊莉莎白雖然如此判斷，櫂人卻非常在意那個房間的存在。因強烈怒意而變得極為清晰的腦袋擅自選定情報，將「肉販」的話語浮現至他的意識表層。

「那傢伙身上發出了『壞肉的氣味』。」

「——壞肉的氣味。」

櫂人下意識地重複這句話，然後發足急奔。他沒事先跟伊莉莎白她們講一聲就拐過迴廊轉角，前往位於四個角落之一——沒跟任何通道相連——的房間。小雛有如忠實的獵犬，沒有大意地從後方緊緊跟過來。然而她什麼也沒說，是察覺到了櫂人的想法嗎？

櫂人打開門後，強烈惡臭黏呼呼地溢出走廊。

「這個房間！」

裡面是高雅的寢室。

中央擺放著附有華蓋的床，一個巨大腐肉塊壓沉那張床，倒在那兒。

床單變成紅黑色，因腐爛的脂肪而硬化。髒汙的室內沒有半個人在動，窗口的百葉門也緊緊關著。然而櫂人感受到微妙的空氣流動，所以他瞇起雙眼。

仔細一看，肉雖然呈現半融解狀態，背部卻上下起伏著。肉塊在呼吸，連透出表面的血管中也流動著汙濁的血液。

這股駭人的感覺令櫂人向後退一步。

這肉塊雖然極為腐爛，卻是活的。

「壞肉……是嗎……就是這傢伙。」

「櫂人大人，打從剛才開始您就怎麼了？這房間有什麼呢？」

「喂，這房間應該只有腐肉才對，你在幹什麼？」

就在此時，伊莉莎白追了上來。兩人如此詢問後，櫂人搖搖頭。

他指著眼前的醜惡肉塊，呻吟般回答：

「……『總裁』。」

「你說什麼？」

「這塊腐肉，就是『總裁』！」

伊莉莎白推開櫂人走至前方。小雛又讓他退到更後方時，伊莉莎白將指頭戳進腐肉塊，塗成黑色的指甲深深埋進肉裡。

肉塊微微顫抖，但沒做出進一步的反應。伊莉莎白拔出手指。

用指尖玩弄無力溢出的黑血後，她發出疑惑的聲音。

「的確，這裡面流著惡魔的魔力啊。」

「果然是這傢伙嗎？」

「嗯嗯，不會錯……不過，這是怎麼一回事？就像剛才造訪城堡的『總裁』是一副紅顏美少年的模樣，惡魔的契約者平常會保有人類的外形。然而解放那股力量時，就會暴露出與惡魔融合後真正的醜陋姿態。」

「這塊腐肉就是嗎？」

「不，就是因為並非如此才奇怪……余曾見過『總裁』融合後的姿態，是灰色的巨人。雖然醜陋，卻不是腐肉……說不定這是巨人崩壞後的東西？也有一部分的能力失控了啊……是無法維持自我的結果嗎？究竟發生了什麼事？」

伊莉莎白雙手環胸開始沉思。

腐肉忽然動了一下。

從看似脖子的部位那邊，緊緊貼在皮膚上合而為一的某物掉了下來。雖然因為腐敗液體而變色，不過仔細一看，那是纏在「總裁」脖子上的紅披肩。

濕布剝落後，有銀色的某物發出光輝。

仿造腦袋造型做出來的裝飾針深深刺進「總裁」的脖子裡。

「這是——」

伊莉莎白如此低喃的瞬間，腐肉猛然搏動了一下。

發出令人討厭的聲響後，腐肉——「總裁」一邊扯開黏在一起的肉塊一邊睜開眼。

死魚般混濁的眼球映出伊莉莎白。「總裁」張開巨口，發出怪物般的咆哮。剩餘的牙齒從口腔中脫落。

伊莉莎白無言地彈響手指。鐵樁出現，「咻啵」一聲留下短暫聲響飛進「總裁」口中。

腐肉體內飛出赤黑色的某物，與鐵樁擦身而過。

小雛沒有大意，迅速高高揮起利斧並發出聲音。

「————咦？」

那是誰也沒料想到的東西。

是「總裁」的心臟。

伊莉莎白的鐵樁沒有偏差地貫穿「總裁」的身軀，從背後飛了出來。同一時間，心臟也在被小雛斬落前自動破裂了。

紅黑色肉塊淒慘地崩解。

那些血液化為上百條手臂，避開小雛後抓向伊莉莎白。

「什……！」

手臂憐愛地緊擁伊莉莎白的身體，將她裹入其中。色澤惡劣的血液宛如毒藥滲進她的白皙玉膚，看似教會枷鎖的字樣刻劃在她全身。

伊莉莎白瞪大眼睛，頹倒在地板上。小雛撐住她的肩膀。

「————嗚，呼，啊！」

「伊莉莎白大人！請您振作！」

「伊莉莎白！」

櫂人衝向她身邊。在這段期間，失去心臟又被鐵樁貫穿的「總裁」也流著滂沱淚水喪命了。腐肉停止動作，從邊緣漸漸化為大量黑色羽毛。

（————惡魔吐出了自己的心臟？）

櫂人對這個事實感到困惑，跪在伊莉莎白旁邊。小雛更加用力地抱住她的肩膀。伊莉莎白有如慘遭凌辱的少女，顫抖著髒掉的肌膚低喃。

「唔……啊，咿！啊，嗯！這、這個…………該不會，是……」

就在此時，現場鏘啷一聲──

傳來鎖鍊發出的聲響。

「『活祭品咒法（Sacrifice）』──以惡魔心臟為代價，封印部分惡魔之力的禁咒。」

櫂人全身一僵，回頭望向後方。

在親眼確認那個存在之前，他就已經隱約明白了一件事。

駭人的邪惡之物來到這裡了。

那女人有如王者登上階梯。

她身穿大量使用紅色布料的克里諾林裙襯。華美裙子的前面刻意沒設置布片，內部類似鳥籠的粗糙骨架也因此露了出來。異常白皙美艷的女性雙腿從那中央延伸而出。

她在身後帶領著臉龐完全被覆蓋，身穿拘束服又被戴上項圈的大量隨從兵。項圈被綁得

死緊，從那邊延伸的鎖鍊全都連接在那個女人的指環上。

有著紅眼紅髮的她有如燃燒的火焰笑了。

「『總裁』的宅邸很醜惡吧？不覺得在自己的遊樂場以肉塊之姿氣絕身亡，對這孩子來說很適合嗎？就是想砸出那顆心臟，才邀請各位過來這裡的喔。玩得還開心嗎？如果是，那『總裁』一定也會很開心的。小丑就是要引人發笑才是小丑嘛。」

「妳……利用了惡魔──同胞的心臟嗎？」

伊莉莎白受著折磨，用飽含厭惡的聲音如此詢問。

紅色女郎沒有感到羞恥，甚至還理直氣壯地點頭同意，就像對此事感到自傲似的。

「嗯嗯，正是如此喔，伊莉莎白。以往我看在好友弗拉德的面子上，一直都很尊重同胞們的生命呢。不過他已經亡故了，所以這種做法也結束了。只要消耗生命，就算是弱小惡魔也能當成有效的攻擊方式使用。很棒吧？呃，哎呀討厭……我真是的，老是在那邊說廢話而沒報上姓名呢。抱歉嘍。」

美貌女人用女王般的從容與寬大露出微笑，優雅地彎下腰。

與項圈連在一起的鎖鍊同時被拉緊，在她背後的人們也一齊深深地低下頭。

「我是『大王』，菲歐蕾。」

報上姓名後，她抬起臉露出微笑。那股壓倒性的氣質與魄力震懾了權人與小雛。即使如此，兩人還是試圖守護伊莉莎白。在這樣的兩人面前，「大王」做出宣言。

「遊戲結束了，公主殿下（Little Princess）——來，開始大人（Chaos）的時間吧。」

鐵處女

伊莉莎白使用的拷問器具之一，人型。雖然臉上總是掛著慈愛微笑，不過遭到攻擊時藍眼就會反轉變成深紅色，表情也會因憎惡而扭曲。

2
皇帝的契約者

伊莉莎白的城堡蓋在荒廢的山丘上，可以從四周俯視茂密的森林。它使用了粗糙石材，壓迫感十足，蓋得又堅固，與其說城堡，不如說是要塞。

在其中一室之中——絕對不適合用來休息的冰冷房間裡——伊莉莎白躺在材質高級，外形卻樸實無華的床上淺眠，額頭上浮現細汗。

小雛使用冰水弄涼的布片仔細地拭去那些汗水。

櫂人靠在堅硬岩壁上望著伊莉莎白的模樣。

與平常那副自尊心強又傲慢的模樣相比，如今的她實在是太虛弱，簡直像臥病在床的孩了。然而，呼吸看起來似乎是比先前平穩許多了。

小雛眨了眨翠綠色眼瞳，回頭望向櫂人。他無言地動動下巴，請她前往走廊那邊。兩人沒發出聲音地來到外面。

等小雛背着手將門關上後，櫂人開口問道：

「伊莉莎白究竟發生了什麼事？」

「那個……說起來非常沒出息，雖然現存的醫療技術與知識都登錄在我體內，但我並沒有專門用來治療跟回復的機能，所以對判斷的準確度沒有自信。」

「足夠了，肯定比我還可靠。告訴我伊莉莎白現在是什麼狀況。」

「是的……伊莉莎白大人體內的魔力量感覺像是急遽減少了。」

小雛如此說完，櫂人早有料到般點了頭。

自從接受了魔術的初步指導後，櫂人就變得比以前還能感受到別人的魔力。平常伊莉莎白總是釋放著銳利得宛如要折磨自身、感覺也像薔薇棘刺的不祥壓力。然而如今的她，簡直像是裡頭空空如也的人偶。

「伊莉莎白大人能自在操控連惡魔也相形失色的魔術。然而另一方面，那副肉體是在經得起嚴苛使用的前提下完成的，所以維持它也得消耗魔力。因此我認為現在的狀況會伴隨著相當程度的痛苦……啊！」

室內忽然傳出小小的呻吟聲，小雛跟櫂人連忙趕回房間。伊莉莎白將脖子轉向旁邊，急促地喘著氣。小雛慌張地衝到她身邊。

「伊莉莎白大人，非常抱歉。我現在回來了。」

小雛一點一點地讓湯藥流進那微微張開的口中。櫂人將布浸入冰水，緊緊扭乾後交給她。小雛向櫂人道謝後，擦拭伊莉莎白纖細的脖子。

不祥的圖形也在那兒脈動著。劇毒般的赤紅侵蝕白皙肌膚的模樣，看起來簡直像皮膚表層下被造出多餘的血管似的。

（……這種痛苦的方式真不像她啊，伊莉莎白…………可惡。）

櫂人因自身的無力而緊咬唇瓣，一邊回想她沉眠前所發生的事。

＊＊＊

「──『斷頭聖女』！」

伊莉莎白在櫂人與小雛的支撐下，就這樣朝眼前的「大王」大吼。

雖然浮現濕黏汗水，她仍召喚了拷問器具。紅色花瓣與黑暗捲起漩渦，白色聖女守護三人似的出現。她合起手臂然後打開，四角形利刃飛出。「大王」沒有防禦，只是拉動手中的鎖鍊。一具隨從兵被拖向前方。

他成為「大王」的盾，就這樣被斬飛腦袋。

輕易到滑稽的地步，仍然被拘束服裹住的頭就這樣滾落在地板上。

「──什……！」

在櫂人大感驚愕之際，小雛行動了。她以流暢的動作從他身邊突然消失，擺出低到極限的姿勢滑進「大王」的死角，然後將槍斧斬向斜上方。利刃雖然緊逼而來，「大王」卻連一眼都沒望向它，就這樣再次拉動鎖鍊。

一具隨從兵被拖到前面，腦袋遭到砍飛，人頭落地。

在血雨之中，跟在「大王」身後的人們連叫都沒叫半聲。他們有如迫不及待鎖鍊被拉動的時刻，左右搖晃著身軀。

「──嘖！」

急襲遭到防禦，小雛沒有深入追擊，而是拉開距離。「大王」困擾地笑了。

「真是急性子的小姐呢，讓我想起了以前。所謂的年輕也很讓人頭痛啊。」

「大王」忽然從聖女跟小雛身上移開視線。她從層層相連的指環中拔出兩個以鎖鍊跟死亡隨從兵的項圈連在一起的指環。「大王」搖晃沉重的克里諾林裙襯，然後彎下身軀觸碰屍體的拘束服。布從指尖處融化，手臂得到解放。

「大王」拿起隨從兵被腫瘤覆蓋的醜陋手掌。

「真是辛苦你了呢。」

溫柔地如此低喃後，她將指環套上屍體的無名指，然後親吻下去。活著的隨從兵一齊發出呻吟聲，就像對此感到羨慕似的。不過就在下個瞬間，「大王」有如失去興趣，忽然丟開屍體的手臂，然後站起身。

就算在這一連串毫無防備的動作中，她身上也沒有一絲一毫的破綻。

「我說伊莉莎白呀，我至今仍是無意與妳爭鬥喲。在我的針支配下的『總裁』也說過吧──說我雖然懷抱著激烈的敵意，但毫無半點殺意。」

「哈，少開玩笑了。誰會相信這種事，妳這個妖婦。」

「哎呀，是真的喲。因為如果要跟還有餘力召喚『斷頭聖女』的『拷問姬』以及弗拉德製作的機械人偶廝殺，我也得展露自己跟惡魔融合的模樣才行呢……那副姿態有點醜得可笑。妳想嘛，我如果不美麗，對部下們來說也很不好呀。」

「大王」從豐滿的胸口取出烏鴉羽扇，用它遮住嘴角。她不情願地搖了搖頭。在這個甚至可說是天真無邪的動作之後，「大王」深深地嘆了氣。

「不過，我比自滅的弗拉德更加精打細算，也是講求合理性的生物。畢竟我是女人呀，事到臨頭不會有絲毫猶豫喔。妳想嘛，弗拉德甚至拒絕融合，不過我已經跟惡魔一體化嘍。可是，之所以希望盡可能不要展露出醜陋的模樣，也是因為——身為女人的堅持嘛。」

懂了沒？語畢，「大王」將闔起的扇子指向伊莉莎白，但她沒做出回應。

即使如此，「大王」仍有如聽見回應般微微聳肩。

「那張可愛臉龐看起來挺不服氣的呢。我說伊莉莎白呀，妳差不多也該停止想趁虛而入進攻了。現在我之所以沒有不計形象地試圖殺掉妳們，是我的堅持也是慈悲喔。因為現在妳們身邊還有重要的『拖油瓶』。對吧，機械人偶小姐？」

「大王」對小雛閉起一隻眼睛，用下巴比向櫂人那邊。

小雛手拿槍斧，擺出兵來將擋水來土掩的氣勢，全身充滿更加強烈的緊張感，就像利刃即將掉落的斷頭台。在這樣的她面前，「大王」舔舐脣瓣後輕聲囁語。

「我說小姐呀，或許因為妳還年輕所以不懂，不過愛慕之情應該要隱藏起來，而不是要拿出來炫耀的東西喲。特別是面對女性時——不然，馬上就會被喜歡別人的男人的壞女人搶走喔。」

「大王」對櫂人拋了一個性感的媚眼，然後移動白皙藕臂。嵌在那隻小指頭上，沒跟任何隨從兵連接在一起的指環釋出鎖鍊。它飛快地奔向櫂人。

鎖鍊纏上他的脖子。轟音瞬間發出，那條鎖鍊也被斬斷了。

小雛揮出的槍斧將鎖鍊連同地板一同斬斷。

「————去死，母狐狸。」

小雛猛然放大瞳孔移動雙足。一口氣投擲出的槍斧一邊旋轉一邊朝「大王」前進。然而「大王」再次拉動鎖鍊——一邊折斷那根頸骨——一邊硬是讓隨從兵站到自己面前。

穿著拘束服的胸口被斬斷，噴出華麗的血花。櫂人他們的視野瞬間被染紅。

在那之後，手臂從意想不到的方向伸過來抓住「斷頭聖女」的頭髮。

「妳看，氣昏頭了吧？真可愛呢，小姐。因為似乎很難拿下妳，這次就用這個當代替品吧——不過下次會如何呢？妳最好再學習一下對挑釁視而不見的方法喲。」

「大王」發出銀鈴般的輕笑，使勁握住「斷頭聖女」的頭部。在不知不覺間，那隻手臂變得遠比人類之物還要巨大，化為只由骨頭構成的惡魔之物。

頭部遭到壓迫，聖女臉上的皮膚開始從上方剝落，露出內部醜惡的機械結構。

現場響起「嘰嘰」的鐵塊磨擦聲。

「那我就收下嘍。」

「大王」用異形單臂就這樣喀一聲折斷聖女的脖子。失去頭部的身體倒向旁邊，化為薔薇花瓣。

在亂舞的紅色之中，「大王」紅暈上頰，用烏鴉羽扇搧臉。

「哎呀，好討厭喔，我居然露出這麼難看的模樣。請各位務必當作沒看見這隻手喲。」

「『大王』……菲歐蕾！」

「妳像這樣叫我的名字，聽起來真有快感呢，伊莉莎白。至今為止被妳殺掉的惡魔們，全都是可憐兮兮地呼喊著妳的名字吧——今天我這樣就滿足了喔。」

將單臂變回貴婦人之物後，「大王」如此點了頭。

她也在後來死亡的隨從兵無名指上套上指環，接著感到厭倦似的突然背對伊莉莎白等人。然而，「大王」只將臉轉向這邊，明艷動人地扭曲唇瓣。

「那就下次再會嘍，公主殿下——那邊的帥哥，也請你稍微變強一點喲。」

「大王」大搖大擺地開始走下階梯。被鎖鍊拉著的隨從兵有如溫順的家犬跟在後方。當這群令人厭惡的隊伍總算消失在視野中時，伊莉莎白極不愉快地低喃。

「……真是醜惡的女人啊。不過，余也無法追擊。現在，余的確——」

「伊莉莎白？」
「伊莉莎白大人！」
「到極限……了。」
伊莉莎白有如絲線被切斷一般，當場頹倒在地。紅色字樣在那片雪膚上激烈蠢動著。
小雛與櫂人慌張地扛起她，將她搬至入口大廳。
請小雛參照登錄的知識啟動移動陣，三人勉強返回城堡那邊。
「拷問姬」初次在惡魔直接出現在眼前時——逃亡了。

＊＊＊

如今，伊莉莎白在城堡一室裡持續沉眠。
就在兩人重複聊勝於無的治療時，伊莉莎白的呼吸再次平穩下來。確定她的狀況穩定後，櫂人將他因疲勞與苦惱而動搖的視線移到小雛的背部。
接著，他再次望向身體深深沉入床鋪的伊莉莎白。
「…………伊莉莎白。」
櫂人低聲輕喃後，先閉上眼皮，然後深鎖眉心。

櫂人回想至今的事情。伊莉莎白大快朵頤料理的純真表情；站在身邊的小雛臉上的沉穩微笑；「大王」從烏鴉羽毛的縫隙中露出來的嗜虐嗤笑。那個表情突然跟父親打算殺掉櫂人時的表情重疊。這兩個表情恐怖程度雖然天差地遠，但基本上是有共通點的。

他們都認為櫂人是蟲子，一隻就算踩扁也無所謂的蟲子。

最後，櫂人跟紅髮少年的幻影面對面。他朝擔心地凝望自己的身影喃喃低語。

「我知道喔，諾耶……現在還不用焦急，即使如此……」

睜開眼皮的同時，櫂人放鬆嚴肅表情。

他若無其事地從椅子上起身，並朝小雛搭話。

「欸，小雛，這裡已經沒有我可以做的事情了。因為執事跟女傭兩人都在忙這邊的事，工作也因此累積個不停。我去整理一下那邊的工作喔。」

「櫂人大人，既然如此，之後由我來——畢竟才剛發生『總裁』入侵的事件，您一個人會很危險。」

「不，沒問題的。我一個人就行了，讓我去吧。」

「可是……」

「——小雛。」

「……遵命。如果發生什麼事，請您立刻呼叫我。我小雛就算要一邊守護伊莉莎白大人，也會刻不容緩地立刻趕往心愛的您身邊。」

小雛臉上仍然掛著無法接受的表情，卻還是點頭同意了。看樣子她似乎是看到櫂人難受的表情，覺得他可能想獨處，所以做出這個體貼的決定。

（……抱歉啊，謝謝妳。）

櫂人一邊在心中表達感謝一邊來到外面。然而她雖然猜對了，卻也猜錯了。

（我確實是想一個人獨處——不，是非這樣不可。）

背着手關上門後，櫂人短短地吐出氣息。

他垂下臉龐，然後抬起來，接著用下定決心的表情邁開步伐。途中他順路來到廚房，得手某樣東西後快步走下樓梯，前往地下通道。

地下通道有著霉味，迴盪著類似呻吟的聲音，是一個像是迷宮的空間。

隨便進入的話不但會迷路，最後還有可能就這樣死在路邊。然而櫂人以前——活用他那因生前經驗而具備的與痛楚一起記下便不會忘記的自身特性——將必要範圍的地圖刻到身上，因此路徑與痛楚都一起記憶在他的腦中。

他溜進目前沒被使用的空房間，緊緊關上門扉，也扣上了門內的鎖。眺望擴展在四周的石壁再三確認空無一人後，他將手伸進口袋裡。

他從那裡面取出被手帕裹住的透明石頭跟水果刀。

「……那就做吧。」

櫂人如此低喃後，張開掌心。他唰的一聲將水果刀深深插入自己的血肉中。他微微咬住唇瓣，仍將利刃猛然橫向一劃。

響起「唰」一聲割開血肉的聲音，血液華麗地飛濺至地板上。

「差不多就是這樣吧？」

櫂人把正常人應該會皺眉的傷口擺到眼前，一邊冷靜地衡量手上那片血泊的累積量。

判斷量已經足夠後，他從手帕裡取出透明石頭，接著將它放到掌心上。

石頭底部沉入蘊含豐富魔力的紅色之中。同一時間，內部的蒼藍薔薇蓓蕾得到水分般綻放，黑色羽毛的量也漸漸增加，卻沒發生決定性的變化。

（…………不是這樣嗎？不，不對。枝條已經堆起來了，接下來需要火種。）

櫂人嘴巴開開闔闔，不知該說什麼才好。

有隻冰冷手掌突然放上他的肩膀，他連忙望向旁邊。然而那邊空無一人。即使如此，肩膀上的感觸也沒有消失。

伴隨著錯覺，低沉平滑的年輕男人聲音在他耳底響起。

『——這裡只要這樣低喃就行了啊。』

「——成形（La）。」

黑色羽毛有如暴風雪在室內飛舞而起。

應該只存在於石中的羽毛優雅地累積在地上，蒼藍色薔薇花瓣開始靜靜地混雜在其中。藍與黑一邊跳著沒有軌道的華爾滋，一邊緩緩描繪出帶有意圖的動作。花瓣與羽毛同時互相融合旋轉，產生出細長的圓筒形。

那片布幕掉落。

一名男人站在後方，有如變戲法似的。

那個男人身穿附帶領花的絲綢襯衫，配上以銀絲描繪出圖形的黑外套，模樣看起來像是有頭有臉的貴族。他用齊肩的烏黑秀髮配上紅眼的中性美貌回望櫂人，那副美麗容顏跟伊莉莎白的五官十分相似。

櫂人一邊確認自己的料想無誤，一邊向他發出聲音。

「好久不見了啊——弗拉德．雷．法紐。」

弗拉德．雷．法紐，「皇帝」的契約者。

被伊莉莎白殺掉的最惡之敵發自內心表現親愛之情似的微笑了。

＊＊＊

『要說好久不見嘛，是好久沒見沒錯，不過要說是初次見面，也是初次見面呢。那麼，應該要如何打招呼才好，連我也感到迷惘呢……唔，如果是你會怎麼做？』

弗拉德無謂地豎起食指，對櫂人如此問道。這個男人還是一樣，言行中會讓人感受到奇特的純真感。然而那道聲音聽起來卻很遠，就像隔著一層水幕。

定睛一看，他的身體連同衣服都呈現半透明狀。

（如我所想……這傢伙不是實體，卻擁有確切的意志。）

櫂人無言地確認這個事實。沒有回應讓弗拉德聳了聳肩，環視四周後彈響手指。他的腳邊捲起黑暗與蒼藍花瓣。就在櫂人心想對方要變出什麼東西時，他召喚出一張由獸骨組成、上面鋪了毛皮——它也沒有實體——的美麗椅子。

弗拉德用狂妄的態度坐在虛幻的椅子上。

『雖然知道你不是有辦法注意到這種事情的人，不過應該招待客人到有椅子的房間喔。哎，就算你準備了椅子，如今的我也沒有實體而無法使用，所以這也是一個「你以為自己是誰啊」的要求呢。畢竟我知道【我】過去的所做所為。』

「……你有生前——雖然不曉得可不可以這樣說——的記憶吧？」

『嗯嗯，有的。我也記得希望讓你當繼承人，結果被拒絕的事。而且被殺掉的事情也是。這麼一想，我開口說第一句話時，應該選擇再稍微冷淡一點的聲音才對不是嗎？我也覺得自己真的太好心了呢。』

唔——弗拉德開始沉思。櫂人將緊張感與氣息一同呼出後，提出問題。

「到那邊為止的事情都曉得嗎……不過，現在的你跟以前——生前的你似乎並不同。欸，你究竟是什麼東西啊？」

『這個提問本身就有問題了！召喚者連自己叫出來的東西真面目為何都不曉得，實在是愚蠢至極！——我是想這樣說啦，不過反正你也有稍微猜測到吧？說看看吧，我來替你對答案嘍。』

弗拉德自大又愉快地動了動下巴催促櫂人。櫂人凝視他一會兒後，答道：

「按照我的預測，你是弗拉德·雷·法紐的靈魂——的劣化複製品。」

『被當成劣化品雖然令人不悅，不過你答對了！想不到居然會出現完美的答案呢！我視為後繼者的少年在短時間內就有所成長了！雖然我是被拒絕的立場，卻莫名感到開心呢。這也是所謂的父母心嗎……話說回來，你察覺到的根據在哪裡啊？』

「從你那顆石頭上感到的熱度跟靈魂在我的身體——人造人(Homunculus)體內蠢動時所產生的熱度很像，所以我猜測被封入石中的東西應該就是靈魂才對。」

『原來如此，第六感挺準的。然後呢？』

「不過，如果完全沒料想到的死亡就在面前，而你又能讓靈魂緊急避難，就算是臨死前，你應該也會繼續那種讓人不爽的言行，表現得一派從容吧。」

就算失禮也該有個限度——櫂人的話讓弗拉德不悅地吊起脣角。然而正如櫂人所料，弗拉德並未試圖反駁，這是因為他無法胡作非為吧。

弗拉德的死狀跟他喜歡的生活方式完全相反，就算講得再好聽也不能說是優雅。

櫂人一邊把玩掌中的石頭一邊繼續推測。

「既然如此，這東西就某種層面而論應該跟死者本人毫無關係——也不具備同等能力，是複製品之類的東西才對……我是這樣想的。要完全重現雖然不可能，不過只是這種程度的話，似乎能掌握這世界的魔術。」

『沒錯，過去的【我】把重點放在後繼者身上，摸索著讓自身影響也能流傳至後世的方式。現在的我雖然只能說說話，不過只要留存下來就能跟後世產生關聯，【我】是這樣判斷的吧。就算跟死去的【我】本人毫無關係，成事者依舊是我——連我也覺得這種思考方式是怎樣啊？哎，大家覺得有趣就好了。』

弗拉德事不關己似的悠哉回答。看來他雖然慘遭殺害，卻不打算憎恨伊莉莎白跟櫂人。

櫂人如此判斷後，悄悄解除緊繃的緊張感。他直勾勾地望著弗拉德的眼睛，如此詢問：

「那麼——有一件事希望你告訴我，關於『大王』的事。」

『伊莉莎白敗北了嗎？』

櫂人屏住呼吸。櫂人判斷弗拉德擁有的外界記憶只到他本人死亡那時為止，所以壓根兒就沒想過他會掌握這個事實。即使在魔力遭到中斷的石頭裡面，弗拉德也能聽見聲音嗎——櫂人如此心想，但在他皺起眉心之前，弗拉德就浮現了真的很惹人厭的笑容。

『直到現在的此時此刻為止，我都幾乎沒有掌握外界狀況的能力。這只是單純的推測啊。在我死後，如果跟「大王」接觸，事情就會變成這樣吧。那個女人遠比我毒辣。在戰鬥時，手段的下流程度比個體素質優秀還要重要——她雖然不如我，卻比我強。』

弗拉德乾脆地如此承認。他懷念昔日似的瞇起雙眼。

『菲歐蕾是我跟惡魔訂下契約前就認識的友人呢。我們曾經一起炒熱舞會氣氛，讓男女為之著迷。我跟她感情雖好，觀念本身卻是南轅北轍。我會考量支配後的事情，尊重與同胞之間的羈絆，準備後繼者，整備【軍隊】——雖然因為伊莉莎白反叛而使軍隊潰散，我也變成階下囚就是了——菲歐蕾卻是不考慮之後的事情，換言之就是她【只重視】自己。』

「大致可以想像啊。」

『她反抗我的方針，拒絕把我救出教會。然而她還是考慮到長年的交情，所以對自私的行動有所節制。不過當我被殺掉後，她就不會再客氣了吧。那個女人——如果是比自己還低階的惡魔，她就能把針插進腦中將對方變成傀儡。』

櫂人瞇起眼睛。「總裁」脖子上刺著一根仿造大腦造型的裝飾針。

「是那根針……」

『一旦被扎針，就算拔掉也沒意義。她的針只對「皇帝」無效。跟自身位階相近的惡魔──像是【王】、【大君主】、【君主】這一類的惡魔，就算是她也無法自由自在地操控，不過如今幾乎所有惡魔都會以她的棋子之姿──輕易吐出心臟吧。面對她擅長的【活祭品咒法】，伊莉莎白會很不利。』

就櫂人所知，惡魔對自己本人的生命有著莫大的執著。他們雖然殘虐地殺害人們，卻都很討厭遭到同樣的下場。正因如此，惡魔們至今才無法使用必須犧牲自身心臟的「活祭品咒法」。然而「大王」菲歐蕾卻將同胞當成活祭品，讓「活祭品咒法」變成可以利用的招式。殘存下來的惡魔數量有多少，她就能使用多少次禁咒吧。

（…………可惡！）

櫂人咬住唇瓣。弗拉德愉快地望著他那副苦惱的表情，一邊繼續說道：

『那麼，話說完了嗎？關於菲歐蕾，我已經沒有其他有用的情報了。我可以回去了嗎？就這樣享受閒聊雖然也很開心……』

「有一件事要拜託你。」

『真是不錯的一句話，那就聽看看吧。』

弗拉德浮現邪惡笑容，櫂人握緊拳頭。

弗拉德如今並未處於跟「皇帝」訂下契約的狀態。然而，這個男人就算只有個體，也是足以稱為惡魔的存在。弗拉德．雷．法紐總是會趁虛而入人心。

櫂人知道拜託他有多愚蠢，卻還是開了口。

「可以教我魔術嗎？」

『——哦？』

弗拉德皺起眉心，就像在說他很意外似的。他將身軀深深靠向使用野獸肋骨做成的椅背，將雙掌貼在一起。

『出乎意料啊，還以為你一定會問我要如何從【活祭品咒法】中拯救伊莉莎白呢。』

「關於此事，我會等伊莉莎白清醒，聽她對解咒的判斷後再決定。現在問你，然後你教我的是殺死伊莉莎白的方法的話，我會很困擾。」

『真是失敬啊，我不可能會說這種謊吧？』

「你可以信任嗎？」

『是真的，怎麼能用你這種貨色的手殺死我親愛的伊莉莎白呢？既然我已經失去折斷那根纖細脖子的手臂，我就希望她能活下去，盡可能多受折磨啊。愚蠢地、悲哀地、無可救藥地活下去，直到不久後跟我一樣身受火刑為止啊。』

「你這傢伙的興趣真差勁。」

弗拉德用舌頭舔舐自己的脣瓣後，櫂人狠狠批評了這句話。弗拉德微微聳肩。

『自己這樣說雖然有點那個，不過有高尚興趣的人是不會跟惡魔訂下契約的喔。他們自身的存在就既邪惡又醜惡……那麼，為何要向我學習魔術？我覺得這件事只要接受伊莉莎白的指導就行了吧？』

「在『大王』面前我就只是拖油瓶，所以有必要趕快變強……而且……」

『而且？』

「我無法對伊莉莎白『抱持期待』。」

『哦？』

弗拉德突然愉快似的瞪大眼睛，櫂人直視那對紅眼。

自從造訪異世界後，櫂人在至今為止的日子裡學到一個事實。

「拷問姬」是最惡劣的罪人，也是殘酷的女人。就算是視為心腹之人，只要有必要她就會絲毫不留情面。只要櫂人有意願，伊莉莎白就會使用類似拷問的手法教會他魔術吧。然而，手段本身她應該會有所取捨才是。

她對櫂人雖然無情，卻並非邪魔歪道。

（如此一來……我恐怕無法成長到可以派上用場。）

闇之魔術會伴隨痛苦，而惡魔之力渴求痛苦。

而且，櫂人的身體很習慣痛楚。

當這三項條件擺在一起時，櫂人覺得這其中似乎有著重要的意義存在。

為了探索是否真是如此，需要弗拉德的力量。

這個男人以前曾將身為普通家庭教師的瑪麗安奴——櫂人親手殺掉的女性——教到足以成為死靈術師(Necromancy)，所以就算是伊莉莎白不會伸手觸碰的門扉，弗拉德也會開開心心地開啟吧。

櫂人之所以從伊莉莎白眼皮底下保護弗拉德的靈魂，就是為了得到情報跟知識。「皇帝」契約者的記憶就捨棄之物而言，是一項過於貴重的東西。然而如果不是事情到了現在這個地步，櫂人是不會想召喚弗拉德的靈魂的。

他對情況的嚴重度判斷得很冷靜，同時對自己本身則是既輕率又殘酷。只要不像瑪麗安奴那樣陷入瘋狂，又只接受魔術指導，那就只會影響到自身。

在如此判斷的基礎上，櫂人繼續提出要求。

「你曾經對瑪麗安奴做過的事，我絕對不會原諒。不過，既然你希望我當後繼者——就應該比伊莉莎白清楚『正確利用我的方式』。」

『——嗯嗯，我知道喔。』

弗拉德浮現野獸的笑容，卻瞬間抹消這個表情。

弗拉德始終維持著紳士風範，以穩重語調跟聲音說：

『因為我在你身上看見跟伊莉莎白同等，甚至在那之上的素質喔。你知道人的痛苦，卻又擁有瞪視傷口的冷靜。然而你對憎惡的反應又很強烈，也正好擁有潔癖的一面，是一個可以在負面成長上抱持期待的人物。不過，你對於奪取他人的舉動似乎有所抗拒，如此一來就很難有什麼了不起的成長吧。但是——難得你拜託了我，我就在你面對的事物中先挑一項來教吧。』

弗拉德說出「親切話語」，同時攤開雙掌。他明顯有所企圖。

雖然櫂人有察覺到此事，仍是點了頭。「大王」帶有輕蔑的話語在他耳畔復甦。

——那邊的帥哥，也請你稍微變強一點喲。

（那傢伙說的沒錯，我有必要變強——以後無論在何時何地，行動時都要設想最惡劣的情況才行。照現在這樣的話，我很有可能會悲慘地失去好不容易才得到的事物。）

櫂人回想「大王」的種種嗜虐言行。那個女性明顯是站在剝奪者那一方的人。就算跟其他惡魔比較——連惡魔們的性命都拿來利用的菲歐蕾等級顯然不同。

這樣下去，他又會變成被虐者那一方，然後被奪走一切吧。

這種事櫂人絕對敬謝不敏。為了超越預料中的苦難，必須有可以下注的籌碼才行，但櫂人手中的籌碼就只有他自己。他將這些籌碼都推到了面前，卻還沒從籌碼表面移開手指。

或許是察覺到櫂人的警戒，弗拉德用諂媚的聲音接著說：

『既然有辦法召喚我，就表示你學了啟動魔道具的方法吧？接下來是應用篇。在自己身上弄出一道很深的傷口，並以那股痛楚為印記，試著聚集在血液內循環的魔力。習慣聚集魔力後，在自己體內混合那股熱能與痛苦。如果能在掌心上實際感受到明顯的魔力，就用語言給予觸發器。這樣魔術就會成形了吧。』

櫂人望向仍然握住石頭滴著血的手掌。他反手重新握住石頭，有如要加重傷口痛楚似的開始聚集魔力。那裡漸漸有了熱度。

感受熱度與痛苦相疊之際，從生前就很熟悉的「疼痛」立刻伴隨了可以微微感受到重量的實感，卻尚未成形。

櫂人在腦中想像跟熱最接近的存在——火焰。

「————成形。」

如此低喃後，空中出現金黃火焰。雖然它立刻就消失，弗拉德還是鼓了掌。

『幹得好。完完全全的初學者以這種速度提鍊出痛苦的人可不多喔！不過遺憾的是，能用這種方式使用的魔術很有限。本來最有效率的方式就是從人的痛苦中製造出魔力本身。為了達到這個目的，你不是要吃惡魔的肉，就是——』

說到這裡時，弗拉德再次舔舐脣瓣。他讓聲音帶有甘醇甜美、入口即化的蜜糖聲響，一邊如此低喃。

『要召喚惡魔。』

「櫂人大人————！您在哪裡呢————！」

現場突然傳來小雛的聲音。同一時間，弗拉德的身體也輕易地開始崩解。看樣子他似乎在對方發現前自行選擇了撤退，真是乾脆。

那副身軀從腳尖漸漸化為黑色羽毛與蒼藍花瓣。幻影花瓣和羽毛一邊轉著圈子，一邊被吸入石頭裡面。

「櫂人大人——！」

遠方微微傳來小雛的聲音。不久後她也會過來地下通道這邊找他吧。該怎麼辦才好呢，櫂人感到迷惘。

（自己走出來比較好吧，不過手掌的傷口想遮也沒用。）

略微煩惱了一會兒後，他將沒包布的石頭直接放進口袋，然後把水果刀放到地板上。接著他粗魯地用手帕纏住手掌，用牙齒將它綁緊。

「櫂人大人，您在哪裡！」

「我馬上過去！」

櫂人要望向弗拉德的幻影般瞬間回頭，然後粗暴地踹向地板。

後方只留下腥臭血痕。

＊＊＊

「櫂人大人，太好了，我好擔……那道傷口是怎麼了啊啊啊啊啊啊啊啊啊啊！」

「咦？啊？咦？」

只是用手帕纏住藏到身後這種程度的手法瞞不過小雛的法眼。在一樓走廊上會合後，她立刻如此尖叫，接著抓出櫂人繞到背後的手。

纏在那隻手掌上的手帕已經被染成深紅色，鮮血不停滴落。

該找什麼藉口才好呢——櫂人不由得仰望天花板。然而小雛什麼也沒說。

（嗯……咦？連我為什麼受傷都不問嗎？）

小雛默默無語，凝視滿是鮮血的手帕。櫂人才剛這樣想，那對寶石製的翠綠色眼瞳就突然從眼角溢出大量淚水。

「咦，等一下啦啊啊啊啊，喂，小雛，妳為什麼哭啊！」

「伊莉莎白大人遭到傷害，心愛的櫂人大人尊貴的身軀又在我不知情的情況下受傷……受傷……所以人工淚當然會溢出來……真的非常抱歉，非常抱歉。都是我沒有硬要跟過來害的……雖然身為您的戀人同時也是盾牌，我卻……」

「不是啦，妳一點錯也沒有！我只是在整理菜刀時，那個，手稍微滑了一下……就算妳在身邊我還是會出這種包，所以請妳不要道歉，是我的錯！」

「不，沒有這種事。我如果在您身邊，就會當場拿起您的手加以阻止，然後折斷意圖做出粗暴之舉的臭菜刀……嗚嗚！」

「小雛，菜刀在這種情況下是無罪的喔。」

要無機物負起責任是不行的——櫂人不知該說些什麼。在這段期間，小雛也一直注意不要觸碰到傷口，一邊不斷輕撫他的手掌。

她那溫柔又悲傷的手勢令櫂人感到罪惡。就在他打算再次開口時，小雛猛然驚覺，表情一變。

「對了！不能再這樣下去了！要包紮傷口！治療道具都集中到伊莉莎白大人的房間了，所以去那邊……對了，在那之前我得先告訴您一件事！」

「妳說要告訴我什麼事啊？」

「伊莉莎白大人清醒了！」

聽到這句話的同時，櫂人用力踹向地板。

「啊，櫂人大人，請等一等！」

他衝過莊嚴石像並排著的通道，沒把背後的制止聲聽進耳中，就這樣離開小雛身邊。櫂人用力踹向從彩色玻璃高窗灑落的令人作嘔的圖樣，然後拐過轉角。

他就這樣在走廊上直線前進，猛然打開寢室的門扉。

「妳沒事吧，伊莉莎白！」

「……嗯？」

伊莉莎白一絲不掛地坐在床上。

兩人視線交會、錯開，眨眼，發出傻氣的聲音。

「……咦？」

「……嗯嗯？」

權人再次愣愣地眺望眼前的光景。毫無多餘之物，充滿藝術氣息的白皙身體被紅色文字艷麗地妝點著。兩隻細足交疊在一起，中間浮現危險的陰影。蜂腰令人想伸手擁抱，乳房描繪著圓潤曲線。

權人從下往上看了伊莉莎白那副軀體的柔美後，機械式地開了口。

「對不起。」

「殺了你喔。」

權人使出渾身之力，「磅」的一聲關上門扉。他拭去冷汗，深深吐了一口氣。小雛從後方跑過來，抬頭仰望那張臉龐然後伸出手。

權人被敲了一下額頭。

「好痛。」

「不可以連招呼都沒打就進入淑女的寢室喔，權人大人壞壞。」

「呃，真的……很抱歉。」

「請您在這邊等待。伊莉莎白大人，打擾了。」

小雛微微打開門扉溜進室內，然後手中拿著繃帶跟藥品走了回來。她將伊莉莎白製造的深綠色魔術藥塗上櫂人的傷口，接著纏上繃帶。據說這樣做雖然比回復咒文慢，卻能在未經縫合的情況下止血，具有令傷口癒合的效果。

小雛治療好櫂人後，裡面傳出聲音。

「已經可以了，余分析完了喔，進來吧。」

「意思是打開門的瞬間立刻就要拷問嗎？」

「哈，如果是平常，余會讓你坐上『水刑椅（Ducking Stool）』，不過現在連花魔力折磨你都捨不得用啊。感謝余狀況不佳吧。」

「這種事我哪高興得起來，被沉進水裡要好多了。」

「……是啊，余失言了。現在惡魔攻過來的話就頭痛了，情勢惡劣無比呢。」

櫂人一邊聽對方靜靜闡述的話語，一邊開啟門扉。

伊莉莎白跟方才一樣坐在床上，卻不是全裸，而是平常那副束縛風洋裝的打扮。裸露而出的那部分肌膚果然浮現著紅色字樣。然而伊莉莎白比櫂人所想的更有精神，輕輕撫過刻劃在肩膀上的文字。

「簡單說，流動在余全身的魔力被這些字樣阻塞了，就像在血管中出現血栓一樣啊。因為魔力流動受阻，余為了自己的身體著想才變得無法任意使用魔力。」

「被阻塞？不是消失嗎？」

「嗯嗯，並不是被奪走。因為如果是這樣，就不可能維持住這副有著惡魔血肉扎根的軀體了。余虐殺許多領民，疊起層層死屍，最後才取得這股不必不停收集人類的痛苦也足以維持肉體的力量，事到如今被弄壞誰受得了啊。」

伊莉莎白迅速將手臂伸向前方，用塗上黑指甲油的手指抓住自己的手肘。紅色字樣有如血管撲通撲通地脈動。

「就跟過分清澈的水面看起來好像空無一物一樣，余的魔力毫無反應。不過沉眠時字樣跟余之血互相爭鬥，所以魔力多少流通了一些……如果是現在，就算是拷問器具余也有辦法召喚，不過威力會下降。真是令人厭煩。」

伊莉莎白發出咂嘴聲，櫂人同時回想起剛才從弗拉德口中聽來的話語。殘存下來的惡魔數量有多少，「大王」就能使用多少次「活祭品咒法」。

被重複施加的話，究竟會變成怎樣呢？

「有治療的方法嗎？」

「不是沒有，不過……」

伊莉莎白不悅地皺起臉。她輕咬指甲，狠狠地說出唯一的方法。

「要消除『活祭品咒法』，就只能將比余之魔力更強的血液灌入這副軀體，用那股魔力沖掉咒法。」

「比妳的魔力更強的血液？」

「嗯嗯，沒錯。比身為大魔術師又是稀世罪人的余力量還強的血液。弗拉德雖然符合條件，但那傢伙身體早就回歸為灰燼了……除此之外，做為魔術師的技術，勝過余的就只有『大王』吧。唯今之計就只能降伏那傢伙，然後利用她的血液。」

櫂人瞪大眼睛。「活祭品咒法」最好能在我方與「大王」戰鬥前事先消除掉。只不過為了達到這個目的——需要比伊莉莎白的魔力還強的血液——也就是「大王」的血。

（實在不覺得有這個可能，真的沒其他符合條件的血液了嗎？）

櫂人如此心想並緊咬脣瓣。伊莉莎白也完全理解這個方法的困難度吧，只見她浮現極為嚴肅的表情，卻又搖搖頭站起身。

「老是在這邊設想不祥的預料也沒用啊。櫂人，要去王座大廳了喔。」

「王座大廳？為什麼啊？」

「因為那邊剛好開了一個洞啊。」

這句話讓櫂人露出困惑表情，伊莉莎白令腰際上的那片裝飾布翻飛，邁開步伐。

她讓尖銳高跟鞋發出高亢聲響，然後如此宣布。

「要進行魔術的修行嘍，櫂人。可以預料今後的戰況將會變嚴苛，雖然有小雛在身邊，不過她有時候還是會來不及出手吧——只有你一人一直弱下去的話，你會死的。」

量。

櫂人點頭同意這句嚴厲的斷言。今後必須由自己保護自己的身體才行。

而且——伊莉莎白雖然沒要求到這個地步——可以的話，櫂人希望能得到在那之上的力量。

（弱者會被剝奪。）

雖然不希望成為略奪者，卻非戰鬥不可。

為了守護平穩生活，有時必須付出代價——他從很久以前就明白這種事了。

＊＊＊

炎箭在天空奔馳，冰箭貫穿大地，雷槌敲擊樹木。

雖然火焰的完成度最棒，不過全都進行得很順利。

「我……做到了吧？」

櫂人吐出紊亂氣息，拭去浮現在額頭上的汗水。拆掉繃帶、重新裂開的傷口溢出的鮮血弄髒皮膚。或許因為消耗掉血液中的魔力，他產生近似於貧血的暈眩感。雖說只要過一段時間就會恢復，感覺還是挺不舒服的。

城外荒涼的山丘四周被茂密森林包圍。

以前「騎士」的野獸被串插的地方滲入了黑血，除此以外都很安靜，不過如今特別高聳的樹木頂端卻燒焦了。

櫂人的魔術威力也有一定的水準。他感受到確切的手感，所以用充滿期待的表情回頭望向坐在──從寶物庫那邊新搬過來的王座上──的伊莉莎白。

「如、如何？」

「完美。」

回應簡單明瞭。她的誇獎讓櫂人放鬆表情，然而他卻立刻吞下衝到嘴邊的喜悅話語。不知為何，伊莉莎白露出極不開心的表情。

「伊莉莎白……妳那張臉好可怕喔。有什麼問題嗎？」

櫂人怯生生地詢問。她把手肘靠在椅子扶手上撐住臉頰狠瞪他。

「太沒問題了。欸，櫂人……你手掌上的傷痕是怎麼了？」

「呃，不……在整理菜刀時稍微切到了。」

「明明只是稍微，切得還挺深嘛……這個傷口出現得真是時候呢。雖然靠簡單的契機就能使用魔術，不過你做得還真完美……總覺得熟練到不像是第一次。」

伊莉莎白如此說完，櫂人感到自己冷汗狂冒，而且也不敢亂開口找理由敷衍。他選擇沉默，伊莉莎白有如在煩惱某事似的舔嘴唇。

「是為何呢？比起其他人，你對痛楚確實習慣到別人難以望其項背的地步……最難奠定的基礎也成形了。你怎麼說，櫂人？」

櫂人的臉頰流下汗水。

在下一瞬間，現場響起磨擦玻璃般的尖銳聲音。

「嘰咿咿」的聲音讓在場所有人猛然抬起臉。白色的某物在森林上方飛行，一邊發出刺耳叫聲一邊飛進王座大廳。定睛一看，乳白色球體忙碌地動著羽毛滯空。

這種造型實在不像是正經的生物。

小雛立刻踹向地板。她一邊搖擺圍裙洋裝的裙襬，一邊高高揮起槍斧。就在此時，伊莉莎白出聲制止。

「等等，小雛！那是來自教會的緊急聯絡裝置！」

將槍斧轉了一圈將它放下後，小雛垂直降落在地面。

球體停在伊莉莎白面前。羽毛輕輕從側面脫落後，球體變回純粹的寶珠，然後砰一聲落至伊莉莎白掌中。它的表面奔出大量文字。

解讀發光的魔術文字奔流後，伊莉莎白瞪大眼睛。

「它說惡魔襲擊了南方的港口城市？而且是『大伯爵』跟『大公爵』一起？」

「啥？」

櫂人也不由得發出傻氣的聲音。他可以完全理解這件事，不過在「拷問姬」反叛與「皇帝」兩敗俱傷後，惡魔們就避免大規模的襲擊行動，選擇各自蓄積實力。而且負責整合的弗拉德被捕，他們也因此不再聯手。

事到如今，惡魔們卻攜手襲擊人類的城市。

小雛瞇起翠綠眼眸，發出急迫的聲音。

「明顯是『大王』幹的好事呢……要怎麼辦呢，伊莉莎白大人？」

「這個嘛，是她洩漏余變弱的情報，還是兩人都被操控呢……不過總之也只能出動了。這是教會直接提出的討伐要求。」

「喂，這樣很亂來吧！妳在說什麼啊！」

權人如此大吼。這副憤怒的表情令小雛閉上正要張開的嘴巴，向後退了一步。

他狠狠瞪視伊莉莎白。到剛才為止她還躺在床上，雖然多少恢復了一些力量，離萬全的狀態卻還遠得很。然而，伊莉莎白卻從王座上站起身。

「你忘了嗎，權人？以余的立場而論，拒絕教會的要求可是會被處以火刑喔。」

「即使如此，也有做得到跟做不到的時候吧！去聯絡教會——」

「你是傻瓜嗎？這可不是如此輕易能得到諒解的事。余狀況不佳與教會無關。那些傢伙的神只會安坐在那兒，不會動手拯救人們。他們則是在神的名義下對綁著的狗揮動鞭子，然後這世界就會順利地運行，在神的名義下天下太平。」

「這樣才奇怪吧！之前我就這樣想了……趁這個時候讓我說出口吧！」

權人粗喘著氣。伊莉莎白雙手環胸，就像在催促他「說來聽聽」。

權人輕輕按住額頭，腦內因為激怒反而開始變清晰。他一邊冷靜地整理想法，一邊吐露至今漸漸累積的不對勁之處。

「妳不久後就會被處死，殺死十四名惡魔後會身受火刑。這是妳的義務也是贖罪。即使如此，妳的罪行仍無法被原諒。抱歉，我也這樣覺得。妳堆出來的屍體實在太多了。」

「連一絲一毫反駁的餘地都沒有，正如你所言。那又如何？」

「——不過，除了妳以外沒人戰鬥很奇怪吧？」

「…………」

伊莉莎白選擇沉默，櫂人將這個反應視為肯定。

她自己應該也有察覺到這種不公平。惡魔所造成的種種悲慘犧牲，以及一直看著這場戰役的結果，至少也讓櫂人心中不斷累積疑問與不滿情緒。

「我明白其他人類敵不過惡魔，能跟他們一戰的人，就只有高高地堆出一座屍山取得力量的妳吧。不過為何除此之外，誰也沒有流血？為何不為了守護人類而赴死？將一切交給明知最後會被殺害卻還是挺身戰鬥的人——讓母豬去處理豬玀，而不弄髒自己的手？少開玩笑了！這種事可以被允許嗎！」

「櫂人。」

「這算哪門子的隔岸觀火？如果是平常也就算了，連妳變得這麼虛弱時都——」

「別侮辱余。」

利刃般的聲音制止櫂人。他感受到喉嚨被突刺的衝擊，所以閉上了嘴。然而就算被震懾而噤聲，櫂人仍然瞪視著伊莉莎白。在這道視線前方，她浮現冰冷——卻又有些沉穩——的表情。

「余是『拷問姬』伊莉莎白・雷・法紐。余折磨殺害的人比誰都多，余是被教會逮捕，受命殺害十四惡魔的女人，而且也是將所有人處刑後，自身也會受到火刑的女人喔。余傷害、虐待、殺害了人們，毫無慈悲心，殘忍又傲慢地做了這些事。盤中飧跟用餐者早已逆轉。人們有權利將余消耗殆盡，隨意殺害。沒錯，余是這樣決定的。」

「拷問姬」——虐殺多人奪取他人痛苦的女人，用在某種程度上令人聯想到殉教者的靜謐態度如此闡述。紅眸視線貫穿櫂人，那是孤高之狼的眼神。

比誰都高傲、最惡劣的罪人接著說道：

「不是別人，是余決定的。此事不容任何人責難——不論是誰都一樣。」

櫂人打算說些什麼，卻觸及不到那份決心。

櫂人如此領悟後，吞回剩下的話語。而且他也明白一件事。就立場而論，櫂人也老是被「拷問姬」守護在背後，所以實在無法悠哉地指責別人。

（嗯嗯，其實我曉得。我只不過是個愚鈍的隨從——不是有資格生氣的人。）

櫂人不由自主地轉開臉，伊莉莎白同時邁開步伐。她搖曳烏黑柔亮的秀髮，用尖銳的高跟鞋敲響石板地。

「要前往該城市了。小雛，櫂人，與余同行——自己的身體由自己守護。」

伊莉莎白如此說完，櫂人有如在說「用不著提醒」似的點點頭。他緊握滲血的手掌。就這樣，櫂人打算從伊莉莎白身後追上去。

他的手肘瞬間被拉住了。

「咦？」

櫂人回頭望向後方。定睛一看，小雛就站在那兒。她用清澈美麗的翠綠眼眸目不轉睛地仰望他。

就在櫂人打算詢問有什麼事之前，小雛將槍斧放到地板上，接著緩緩伸出雙手。

「失禮了，櫂人大人。」

「小雛，幹嘛——！」

櫂人的雙頰被壓扁了。

小雛用手掌夾住他的臉龐，並露出極為認真的表情。那雙手雖是人偶之物，卻跟人類一樣暖和。

沉默了半晌後，櫂人頭上浮現問號。

「呃，小雛妳幹嘛突然這樣？」

「冷靜下來了嗎，櫂人大人？那麼，我想說一件事。」

小雛吸了一口氣。

她的眼瞳裡充滿擔心與不安，就這樣一口氣編織出話語。

「那隻手的傷口不是整理菜刀時受的傷，您在隱瞞些什麼——而且，看樣子那件事也不能對我跟伊莉莎白大人說。」

「……！」

「我無意不惜無視您的意願逼問出那個祕密，不過只有這件事請您不要忘記。不管那是怎樣的祕密，我都是您的同伴。如果有什麼狀況，請您不要猶豫呼喚我。可以吧？」

這番話簡直像是要刻進櫂人的腦袋，這讓他產生動搖。

她的體貼令人滿心歡喜。櫂人生前從未被他人用好意跟善意對待過，也沒有被誰——甚至連雙親都一樣——庇護過的記憶。然而，小雛卻說不管隱瞞的事為何，自己都會守護他。

即使如此，櫂人也不能向她坦承自己現在抱持的祕密。

（我如果說出來——小雛跟弗拉德肯定會互相敵對。）

對小雛貫徹沉默態度雖然於心不安，卻也沒有其他方法。

櫂人像這樣保持沉默後，她放緩了掌心的力道。小雛浮現有些寂寞的表情。櫂人看到這幅光景後，張開得到自由的嘴巴——有如疊上她的話語般——突然將必須事先告知的事情化作聲音。

「欸……小雛，為什麼妳這麼保護我啊？」

「因為我愛您。」

「這我知道，妳有對我說過吧？就算這顆心是機械人偶被設定後才存在的事物，妳的心也是只屬於妳的東西。妳選擇我為主人，而且被我選擇的那個瞬間就決定將這份愛意全部奉獻給我……對我來說，這是一件令人高興的事。」

「櫂人大人……我也一樣，能跟您相遇是這世上所能得到最……如果沒有它，其他好事就會完全不復存在的唯一幸運，也是至高無上的喜悅。」

「不過，為什麼會是我呢？」

「……櫂人大人？」

「我無法給予妳任何事物，只是一個普通人而已。妳為何決定是我，我無法理解。我沒那麼有價值。所以……不，就算不是這樣，即使我是一個有價值的人，也不能讓妳被我的軟弱拖下水。」

小雛正要張開嘴，卻又閉了起來。她請櫂人繼續說下去，他深深點頭。

「今後更會是我何時會死都不曉得，比以往還嚴苛的狀況吧。我再說一次，就算我死，妳也要活下去。只有這件事我無法退讓。」

櫂人如此斷言。他無法抓住朝自己伸出來表示「依賴我吧」之意的手。

小雛細細地吸氣，吐氣。然後她緊緊抿住唇瓣。

小雛使勁將力氣灌入雙掌，櫂人的臉頰被壓得更扁了。

「偶說澳以幹嘛要壓演啊？」

「首先，為什麼會是您呢……要全部說完的話得花上一星期，這樣行嗎？」

「呼咦？」

意想不到的回應讓櫂人眨了眼，小雛用溫暖又洋溢著愛意與慈愛的眼神望向他。她露出微笑，就像在說「真拿你沒辦法」。

「為什麼會是您，為什麼非您不可，我再找機會闡述一次吧。不過現在沒時間了，一起去伊莉莎白大人身邊吧。」

「……！小雛，我剛才說的那件事，妳的回應是？」

「我也明白。您所重視的我們珍愛的日子或許正漸漸崩毀……您為此感到害怕。不過，沒事的喔，櫂人大人，您用不著做出這種設想。」

小雛輕輕揉捏櫂人的雙頰，橫向拉開變形後，她露出微笑。

「就是在窮途末路時才要笑。沒事的，小雛必定會守護兩位。就算您說不要，我也會阻擋在那些敵人的面前。而且，我會守護您的一切。請您務必相信我。沒必要說悲傷的話，那種日子不會來臨的——永遠不會。」

好嗎——小雛笑了。她放開雙手深深行了一個禮，然後抬起臉龐。

在那兒的是已經做好所有沉重覺悟的激烈眼神。

「我會讓那種事遠離的——絕對。」

她撿起槍斧，讓銀絲所造的滑順秀髮發出閃閃光輝一邊奔離現場。櫂人獨自被留在原地，茫然望向自己的雙手。

現在的自己究竟能不能露出那種眼神呢？

他緩緩舉起手，「啪」的一聲拍打自己的臉。

「————走吧。」

臉頰上殘留著小雛掌心的溫度，封印弗拉德魂魄的石頭在口袋裡散發光輝。

他不曉得正確答案為何。

面對眼前的狀況，如今也只能死命掙扎。

相信最糟糕的那一天永遠不會到來。

即使那只是謊言也一樣。

3 海濱之戰

海風中混雜著鐵鏽氣味跟腐臭。

城鎮建設在海灣深處，背對山脈以扇形向外擴散。街景上有著一排排就算面對海風也不會輸的灰泥牆，以及低溫窯烤的黏土所製造的色瓦，在橙色與白色的妝點下很是壯麗。

遠離海岸線後，愈靠近山邊，街道就愈是沿著自然斜度朝高台延伸。細細折返上百次的階梯前方能夠瞭望發出碧藍光輝的大海，以及可以從那邊得到的財富，過去的教會分會就蓋在這個具有象徵意義的地方。然而，高舉流著血淚、頭下腳上的聖女像的建築物，如今卻被巨花殘酷地壓扁了。

巨花伸展著狀似人舌，被黏液覆蓋的肉製花瓣。長著荊棘的花莖互相纏繞，前方延伸著膚色——令見者聯想到人類性器官——的詭異根部。那些根部爬遍街道，壓垮建築物並覆蓋整座城鎮。道路跟階梯上散落著大量屍骸。屍骸的腹部被壓成奇形怪狀，簡直像空氣被抽掉的皮袋。無論男女，臉上都刻劃著喪命前那段極其痛苦又漫長的掙扎痕跡。

他們被植物根部刺破腹部，內臟硬是被吸了出來。

「這……真慘啊……」

如此茫然低語後，櫂人順著根部的前端望去。它在抵達大海前就停止生長。

巨花避開了染成紅色的水。

大海也被汙染了。

海水染上血色，激烈地冒著泡泡。大量融解的海藻與魚屍被打上沙灘與碼頭，遠洋上也能看見腹部鼓起來的鯨魚跟海豚屍骸。

被乘客放棄的船隻，無論是街上老人的小舟或是商會的大船都以異樣的速度腐敗著，從破裂船底冒出的貨物飄盪在死屍之間。

在這副慘狀的中心處出現一道巨大的島影。

仔細一看，那東西在脈動。

那是尺寸跟島嶼同級的肉色水母，看起來就像大海這塊肌膚長了會流出腐汁跟膿水的腫瘤似的。

花跟水母都一樣，無視極限膨脹的身軀正漸漸崩潰。因為全貌過大，無法確認脖子是否有插著針，卻還是可以輕易預測出兩隻都沒有維持自我意識。

三人利用教會送過來的魔術文字，出現在從海灣通往山上的樓梯起點——因為不能轉移至被壓扁的教會分會——然後目睹這一連串的慘狀。

黏答答的海風使得伊莉莎白的黑髮飄揚，她按住額頭。

「…………啊，頭好痛啊。兩者都被操控了嘛。才一轉眼就屈服，這群傢伙實在是很可悲。是余設想中最糟糕的局面呢。」

「您意欲為何呢，伊莉莎白大人？」

「愣在這兒也沒用啊……花是『大伯爵』，水母是『大公爵』——他們是低階的對手，所以要收拾掉喔，在他們吐出心臟之前。」

「遵命。」

小雛深深低下頭後，重新舉好槍斧。櫂人無言地再次確認散布在街上的人類屍骸。在那些死屍之間，他發現了會動的影子。

「……倖存者！」

櫂人因期待而睜大眼睛，但他立刻發現事情並非如此。

頭部變成花的異貌士兵——惡魔的侍從——隨從兵正在步行。他們踩過屍骸越過根部尋找某物。

就在櫂人思考他們在找什麼東西時，他自然而然地知道了答案。某處傳來慘叫聲。

雖然聽聞教會之人回收倖存者，並且使用移動陣讓他們去避難，不過似乎還是有人來不及逃走。隨從兵一找出他們，就會默默地加以殺害。

（仔細想想，這不是理所當然的事情嗎？突然有災厄降臨，就算立刻讓城鎮裡的所有人口快速脫離還是有其限度。他媽的！）

櫂人微微發出咂嘴聲，向伊莉莎白搭話。

「伊莉莎白，有隨從兵在徘徊。不幫助倖存者的話會很不妙。」

「戰場上的天真傢伙啊，些許的犧牲無視就行——雖然想這樣說，不過事後會被教會怪罪吧。畢竟他們要余成就善舉……不過實在是緩不出手啊。櫂人，就由你過去吧。」

「由我？」

「別擔心，這個給你。」

伊莉莎白彈響手指。纏著螺旋狀紅寶石的長劍從空中掉落，那是在弗拉德的城堡內發現的魔道具。櫂人慌張地接下它。

他用略感困惑的眼神望向如針般的細刃，伊莉莎白淡淡地重複說道：

「你的人造人身軀是余製造的一級品喔。既然你如今比余料想的還要能夠控制魔力，手段要多少就有多少，戰鬥吧。就余所見，你自己也希望這樣，如何呢？」

「嗯嗯，是啊。由我來做……我已經不想老是當旁觀者了。」

「小雛，妳……明白，余准了，妳可以跟櫂人走。跟表情超越不安、露出如此悲壯表情的人同行，余實在是害怕得緊，怎樣也做不來啊。」

伊莉莎白瞥了一眼小雛的表情後，深深嘆息著說道。

小雛連忙停止——由於太過苦惱，像是隨時會自刺腹部或要砍向眼前之人的那種——痛苦表情。她朝伊莉莎白低下頭，還是提出了問題。

「得您此言真是感激不盡。能不離開心愛之人的身邊守護他，就是小雛我最大的願望……不過，那個，伊莉莎白大人您……」

「哈，別小看『拷問姬』。『大伯爵』這種程度的對手，就算以余現今之力也像是在捏扁螞蟻一樣簡單喔。」

伊莉莎白發出哼笑。櫂人跟小雛打算再次開口表示擔心，卻又把衝到嘴邊的話吞了下去。「拷問姬」此言並不是毫無根據的逞強，她的表情證明了這件事。

伊莉莎白臉上浮現真的很殘暴又凶惡的笑容。

「那就上吧——像四肢被扭斷的豬玀嚎叫，像胴體被壓扁的毛毛蟲那般痛苦掙扎吧。」

伊莉莎白從黑暗與花瓣的漩渦中抽出弗蘭肯塔爾斬首用劍。

她衝上數階階梯，高高跳躍。

伊莉莎白躍上延伸至附近的根部，然後就這樣以花的本體為目標英姿煥發地奔馳而出。

那是宛如在敵人手臂上奔跑的強橫技巧。根一邊震動一邊開始抬起自己的身軀。然而，伊莉莎白在被甩下來前大喊：

「『千之釘槍（Nail Gun）』！」

紅色花瓣與黑暗以螺旋狀奔馳在根部，喀喀喀喀喀地響起連續音。

空中出現生鏽的釘子，將根部釘死在建築物跟街道上。那副模樣看起來也像是貫穿了人類的性器官。

花因劇痛而渾身顫抖，從花萼底部噴出黏液泡泡。櫂人不由自主皺眉。伊莉莎白毫不留情地踏上釘子的頂部，有如黑色流星奔馳。

櫂人著迷地凝視這副模樣。然而被小雛出聲搭話後，他回過了神。

「櫂人大人，我們也動身吧。請您務必不要離開我身邊。」

「啊，嗯嗯，走吧。」

櫂人頷首同意，踹向地面。他們衝上階梯，朝方才傳來慘叫的方向前進。城鎮被巨大根部覆蓋，看起來像是人類消失又歷經千年的廢墟，卻又可以明顯看出日常生活的痕跡，因此反而讓人感到極為詭異。

來到街道上，行經一棟凸窗上擺放經過修剪的盆栽的民宅旁邊時，他們發現一具隨從兵。隨從兵緩緩回過頭，身上穿著用鱗狀植物片造出來的鎧甲。

留在那些花瓣中間的人類痕跡——巨大化的眼球——眨動的瞬間，小雛銳利地揮出了槍斧。

「——————呼！」

她精準無誤地斬飛化為花朵的頭部。然而，隨從兵雖然身形不穩搖搖晃晃，還是朝小雛伸出手臂。

或許是因為腦部跟脊髓都不存在，就算失去頭部似乎也不會構成致命傷。

「令人不快的臭傢伙！」

她發出喝聲，同時斬落朝自己伸出的手臂。也許是領悟到實力差距，隨從兵讓另一隻手蠢動，將覆蓋棘刺的藤蔓一口氣伸向櫂人。

小雛立刻準備揮動槍斧，櫂人卻用視線制止了那把利刃。

他像是要防禦隨從兵手臂似的舉劍。

（冷靜，沉著地行動。這種程度都無法應付的話，我會一直是拖油瓶。）

爬藤纏上劍刃的前一瞬，櫂人將意識集中在手掌的傷口上，然後大叫：

「——燃燒吧！」

眩目火焰竄昇，魔術之火一邊描繪詭異螺旋一邊纏上爬藤，貪心地大口啃食。手臂被燒，隨從兵發出痛苦叫聲。

自從看到散布在街上的屍體——由於面對不公不義之事所感受到的憎惡與憤怒是生前就很熟悉的經驗——櫂人反而冷靜了下來。然而，肉體上的緊張卻又另當別論。自己的魔術行得通讓他鬆一口氣，手漸漸不再發抖。

（不愧是伊莉莎白啊，火焰的武器對這些傢伙有效。）

隨從兵切斷燃燒的手臂，用蠢笨步伐逃了起來。櫂人打算追擊隨從兵，卻突然回過頭，一邊揮舞手臂一邊用冒出火焰的身體衝向這邊。

「什……！」

櫂人立刻準備付出自己大意的代價。在那瞬間，隨從兵的身體發出轟響，同時被轟飛至旁邊。櫂人眨了數次眼睛後，總算領悟發生了什麼事。

小雛用槍斧的斧背橫掃隨從兵的胴體，狠狠將他敲向建築物的牆壁。雖然火焰因為隨從兵陷入牆面而消去一大半，隨從兵仍是身體抽搐不斷痙攣。毫不留情的追擊在此時炸裂。

「跟櫂人大人！自身的！期望！不，給我明白！打從剛才開始的無禮之舉，就算加以撲殺，也不算什麼！」

小雛用鬼一般的模樣毆打隨從兵，一邊撂下這番話。以胸部為中心，植物性軀體幾乎化為粉塵。小雛用絕對零度的視線確認隨從兵喪命後，短短地點頭。

「——總算死了嗎，雜兵？」

冷冰冰地撂下話後，小雛回頭望向櫂人，那表情出現一百八十度的大轉變。她臉上一亮浮現微笑，用豐滿胸部夾住槍斧，緊擁自己的身軀。

「幹得漂亮，櫂人大人！自從學會魔術後，您的身手實在不像是初次上陣呢！不愧是我所愛的人！好喜歡，威風凜凜又帥氣，真想被您抱！」

「謝、謝謝啊。呃，厲害的人只有小雛就是了。我是認真的。」

「不不不，沒這回事，您謙虛了。不過就算是隨從兵，這傢伙也具備耐力呢……真是麻煩的垃圾。今後比起用斬的，我會用擊碎的方式應付。」

就在此時，慘叫聲傳入耳中。櫂人跟小雛猛然抬起臉，朝彼此點頭後發足急奔。

他們越過整排的民宅，越過西方岩場——當地居民使用的魚攤——附近後，衝進牆壁厚實，看起來很堅固的建築群中。

東邊深處開著的門扉傳來聲音。

「這裡！」

飛身衝到裡面後，櫂人目擊了地獄。

如果用帶有棘刺的繩子綁住四肢，再拉緊至極限會變成怎樣呢？

如果將觸手放進人的腹部，在對方仍然活著的情況下不斷攪動會變成怎樣呢？

如果將人全身絞緊，就算骨頭折斷、吐出內臟也不停止會變成怎樣呢？

答案遍布在建築物的內部。

兩具隨從兵淡淡地——不如說機械式地——虐殺著一家人。

祖父、父親、母親、按照順序被殺掉的人類殘骸貼在地板上。算是寬敞的室內，牆邊裝飾著魚叉跟釣具，還有小船跟舊魚網。看似堅固的木架以等長的間隔排列著，裡面塞了色彩繽紛的乾貨的瓶子，還有看起來很沉重的袋子。

看樣子這棟建築物似乎是倉庫。這裡沒有窗子，逃進這裡後這家人就沒能聽見教會的避難指示，才被隨從兵發現吧。

結果就是眼前的慘狀。然而，泡菜瓶子之間有倖存者。

是兩個小孩，有著蘋果色臉頰的少年跟少女互相依偎著。

或許是直到剛才都在把肉弄碎，隨從兵並未察覺到櫂人他們。

隨從兵一腳踏上母親的屍骸——正確地說，是有如魚從深海被釣上來般從那張嘴裡飛出來的胃——將手伸向孩子們。

年幼少年一臉愕然，就這樣一動也不動，爬藤要纏上無力伸出的腳踝。不過在那之前，他的身體就被推進瓶子與棚架之間的縫隙。年幼少女拉住少年的手臂，硬是讓他移動位置。

她恐怕是姊姊吧。她張開雙臂遮掩他，狠狠瞪視隨從兵。不過那股逞強有如蠟燭的火呼的一聲消失般，空虛地終結了。少女的臉龐皺成一團，發出野獸般的呻吟聲。即使如此，她還是不打算放棄將少年庇護在背後的舉動。

那對眼眸中有著某種衝動的情感，超越了家族之愛或是身為姊姊的覺悟。

在那瞬間，某段回憶閃過櫂人的腦袋。

用力推開他，成為替死鬼的紅髮少年口吐狠話說了句「可惡」——同時臉上掛著好像要哭出來的笑容——然後就被蜘蛛拖走了。

他活生生地被吃掉了。

明明不想死，少年卻還是希望櫂人能夠幸福，衝動地庇護他。

（——諾耶。）

自從活下來後，櫂人就沒有一天沒想起這個名字。

回過神時，他已經貫穿了隨從兵的背部。

櫂人將劍刃連同乍看之下好像很脆弱的紅寶石裝飾深深刺進隨從兵的背。隨從兵用蠢笨的動作望向後方。

視線交會的瞬間，櫂人對那東西「露出笑容」。

「燃燒而死吧。」

他撂下這句話後，魔力爆發，劍刃在隨從兵內部燃起火焰。

隨從兵發出莫名其妙的怪聲胡亂扭動，從腹部內側漸漸化為焦炭。

櫂人沒有大意，兩次、三次追加火焰後拔出劍刃。另一具隨從兵連忙將爬藤伸向櫂人。

小雛瞬間在他背後「著地」。

「呼！」

她雙腳併攏使出踢擊，隨從兵一頭撞進棚架。裝著醋漬魚跟油漬貝類的瓶子掉落破碎，棚架大大地搖晃，從隨從兵上方倒下。

小雛沒放過這個機會，撿起槍斧高高揮起。她簡直像在使用搥肉器似的，咚磅咚磅咚磅咚磅地從棚架上方敲擊隨從兵。

具節奏感的轟響每炸裂一次，棚架就會漸漸變平。醋、油跟綠色體液摻雜在一起，惡臭朝四周擴散。

碎掉的棚架接近地板至極限後，小雛單腳踩了上去，微微哼了一聲。

櫂人也踢向炭化的隨從兵腹部。隨從兵真的像在開玩笑似的，變成四分五裂的零件攤倒在地。此時由於怒火暫時消失，櫂人感到身體在發抖。

「呃，喔……啊，咦？」

隨從兵已經倒下，沒什麼好怕的了。櫂人用理性硬是壓下這種感覺，然後單膝跪地。他拚命裝出平靜的模樣，向茫然的少女搭話。

「沒、沒事吧？有受傷嗎？」

「爸……………爸………………」

「嗯？」

少女從脣間發出空洞的聲音，櫂人不小心對那聲音起了反應。少女以他的催促為觸發器，大大地張開嘴巴。

喉嚨「咻」的一聲發出短促聲響，在那之後發出了痛切的叫聲。

「爸……爸……媽……媽……爺爺……大家，大家都啊啊啊啊啊啊啊啊不要啊啊啊啊啊啊啊啊啊啊啊，不要啊啊啊啊啊啊啊啊啊啊啊啊啊啊啊啊啊啊啊啊啊啊啊啊啊啊啊啊啊！」

「是啊……抱歉，完全趕不上呢。」

少女亂踢亂打，就像櫂人才是敵人似的。她像受傷的野獸繼續大吼。

這樣下去會很危險——不是會咬舌頭，就是會產生痙攣吧——如此判斷後，櫂人立刻將手放進她嘴裡。

少女瞬間睜大眼睛，狠狠咬上櫂人的手指。

「————！」

在後方的小雛正要採取動作，他卻用視線加以制止。櫂人相當明白對無法挽回之事的絕望——對櫂人來說，就是自身的枉死——所以他一邊輕撫少女的背，一邊耐著性子重複說：

「冷靜點，沒事了。妳已經沒事了，所以現在算我求妳，冷靜下來吧。」

少女的身體忽然軟軟地虛脫，然而這似乎不表示她冷靜下來了。看起來好像只是繃過頭的神經一口氣放鬆而已。

即使如此，少女仍是脫離了恐慌狀態。從少女嘴裡抽出沾滿鮮血跟唾液的手指後，櫂人用自己的衣服擦拭，接著朝少年伸出手。

他的眼神仍然很呆滯，但還是伸手回握住濕濕的手掌。櫂人短短地點頭。

既然能握住別人的手，就表示這名少年還沒問題吧。

櫂人抱著少女，手牽著少年一邊起身。他閉上眼搖了搖頭。

「沒辦法啊……船到橋頭自然直吧。一定會的，嗯。」

櫂人說出模糊不清的話，同時思考了一會兒，睜開眼皮。他再次點頭後，擠出跟先前截然不同的充滿決心的聲音。

「小雛，把孩子們帶去移動陣，然後啟動——回到城堡——確保兩人安全之後，再回來這裡。」

「什麼！恕我直言，這樣得花不少時間！您的尊軀會有危險的！」

「我一人無法啟動移動陣。不管是帶著這些孩子戰鬥，或是丟下他們戰鬥都很危險……話雖如此，兩個人一起回去也很浪費時間。拜託妳了。」

「！對這對兄妹跟城鎮的人們來說，這或許的確是充滿慈悲的抉擇吧。不過，對我來說尊貴的您才是最——」

「我的身體是不死身，只要小心不要大量出血，靈魂就不會脫離。不管受到什麼傷，我都能夠存活下來。拜託，我已經不想看到人們像諾耶那樣死去了。」

櫂人深深低下頭。在太平日子裡，他曾對小雛講過一些關於諾耶的事。他說過曾有一名少年不惜自我犧牲幫助他——所以櫂人才能在這裡——這樣的話。

她有如被打擊似的屏住呼吸。

櫂人原本正義感就沒有特別強，也可以說他沒有那種自我犧牲的精神，而且他也知道自己並沒有符合說出這些話的實力。然而，卻有一種就算要讓自己曝露在危險中，他也不想再見到的光景。

他可不想再次目睹類似的犧牲。

（嗯……沒錯，誰受得了那種事一再發生呀。）

為此，櫂人也只能盡力而為。他垂著臉，就這樣告知她：

「可以請妳把這些孩子的性命——當成我的性命嗎？」

「請您抬起頭，櫂人大人。請恕我大不敬的言行。」

小雛立刻單膝跪地，始料未及的反應讓櫂人嚇一跳，慌了手腳。就算在這段期間，她也更加低下頭，流暢地編織出話語。

「我小雛沒考量到櫂人大人悲痛的覺悟，居然讓您低下了頭——做出多麼……多麼思慮不周的無禮之舉。為了這份難以償還的過失，之後我會處罰自己。現在我會按照您的指示，暫時脫離戰場——只不過……」

小雛猛然抬起頭，翠綠色眼眸映著櫂人。那對眼瞳流露出對獨自留在戰場上的丈夫的愛意與揪心情感——強烈的不安與擔心。

「您要我把這些孩子的性命當成您自己的性命。不過，您的性命從很久以前就是我的性命了。」

「小雛，這件事我本人應該否認過了。」

「是的，不過對我而言這就是真實。櫂人大人，我要在此向您進言。我的生命總是與心愛的您一同存在，在您消逝的那一刻終結。所以如果您心中有我，請信賴我——無論何時何地，只要說一聲『保護我』或是『跟我一起戰鬥』就行了。」

「小雛。」

「這就是所謂的伴侶，請您務必不要忘記此事。如今我雖會如您所願離開您身邊，還是請您一定要好好保重——請務必如此。來，兩人都是乖孩子呢，過來吧。」

一度下定決心的小雛動作很迅速。她有如母親溫柔可靠地抱起兩人，直勾勾地望向櫂人並點點頭後，迅速地踹向地板。

她像疾風一般衝出仍然開著的門扉。

「……相信妳，一起戰鬥嗎？」

櫂人輕聲低喃，垂下眉毛思考。然而他立刻搖搖頭，再次環視倉庫內部。看這副慘狀，遭到撕裂、體內被攪拌又被絞緊的屍骸已經很難稱為人類了。他們忍受了長久的痛苦吧。

在數秒鐘的沉默過後，櫂人深深低下頭。

「多虧你們撐了這麼久，那兩人才能得救。什麼家人啦、雙親啦，我不是很懂，不過沒有把小孩當成擋箭牌……沒錯，我覺得這樣很了不起。請安息吧……我跟小雛，最重要的是還有『拷問姬』會替你們報仇的。」

用燃燒著靜謐怒火的眼瞳如此斷言後，櫂人走出倉庫。

他一度停下步伐，環視四周。濁灰色天空灑下微弱光芒。在石板地磚跟建築物上面，詭異根部讓表面發出濕亮光輝，那些根部之間散落著狀似皮袋的死屍。

櫂人一邊看著地獄般的光景，一邊揮去緊張情緒，邁步準備回到寬廣的街道上。

就在此時，小巷深處傳來粗野叫聲。

櫂人瞪視建築物與建築物之間的縫隙。為了不讓血停止流出，他將手指放進掌心的傷口裡將它撐開。溢出的血沿著劍柄落至口袋上，石頭在裡面微微震動。

幻影手掌的感觸放上肩頭，耳中響起弗拉德嘲笑般的聲音。

（『哎呀呀，你扛下的職責還挺重的嘛。那麼那麼，雖然對手不過就是隨從兵，還是菜鳥的你有辦法存活下來嗎？你要賭哪一邊呢？』）

「……活下來啊。在這裡做不到的話，要在伊莉莎白身邊待到最後一刻根本就是不可能的事。更何況還有小雛那番話語，就算要賭上一口氣我也不會死的。」

（『原來如此，多麼英勇悲壯又頗為愚蠢的決心不是嗎？那麼就看在這番強辯的份上，我也賭你會活下來的那一邊吧。』）

「你說賭博是要賭什麼啊，你什麼都沒有吧。」

（『好嚴厲又令人寂寞的話語呢。什麼嘛，身為死人娛樂可是很少喔，就讓我在心情上享受一下嘍——我討厭輸，所以千萬不要讓我有所損失啊。』）

說出類似脅迫的話後，幻影之手也同時輕輕移開肩膀。櫂人嘖了一聲發足急奔。

他越過變得零零散散的建築物，來到設置於此以便通往山腰處的道路上。這裡跟為了蓋房子——像是旅館或公共設施，有力人士住家之類的地方——而削去土面鋪滿紅磚的鋪面坡道不同，建造方式就只是在裸露的岩石表面上貼木板路面而已。

看樣子似乎是用來通往遠方的海灣背面的近路。

或許是只為了當地居民而設置的道路，此處並沒有扶手。然而用堅固木材組裝、設置而成的寬敞道路很穩定，只是走路的話不會有危險吧。可是如果單手抱著嬰兒，另一手拿著斧頭，又是倒退走路就另當別論了。

在道路上方，有一名大鬍子男這樣一邊威嚇緊逼而來的數具隨從兵，一邊發出野獸般的怒吼聲。

確認襲擊男子跟嬰兒的隨從兵的總數後——全部共五具——櫂人瞪大雙眼。

（少開玩笑了啊，靠火焰劍根本敵不過這種數量不是嗎！）

（『那麼，要怎麼辦呢？一開始運氣就這麼背，雖然覺得也是有見死不救逃走的做法……唔，在這種情況下，剛才的打賭就要順延了吧？你死掉我雖然也很開心，卻也感到可惜呢。』）

弗拉德覺得無趣似的如此說道。櫂人一邊發出咂嘴聲，一邊停下腳步拚命動著腦袋。

（就算不使用劍，也能讓火焰成形。不過是否有辦法使出可以燒到五具隨從兵那邊的火力……我就沒自信了。偷襲一旦失敗就會被圍攻，有什麼有效的手段——）

在櫂人思考之際，隨從兵也將爬藤伸向前方。大鬍子男更加激烈地揮動斧頭——至今為止都是像這樣撐過來的嗎——危險萬分地彈開爬藤。然而他的腳卻快要踩到道路外面了。

這樣下去又會有人死亡。占據腦內的負面情感，凌駕了充斥於櫂人體內的緊張感。腦袋因為接近臨界點的憤怒而變得靈光起來，瞬間蹦出某個方法。

同一時間，櫂人從丹田裡發出吼聲。

「喂──────！在這邊！看我啊！」

隨從兵抬起臉龐，大鬍子男也望向他。弗拉德發出愕然聲音。

（『哎呀呀，你究竟有何打算呢？』）

「囉嗦，閉嘴！」

隨從兵們──猶豫不決不知該襲向男人還是櫂人──瞬間停止動作，櫂人趁隙對腦海裡的弗拉德撂下話語，然後衝進他們的中心處。他將描繪著螺旋的紅寶石頂端抵住自己的喉嚨。藉由魔術延伸成薄片的寶石有如剃刀般銳利。

櫂人用它繞了自己的脖子一周，血液朝四方飛散，弄濕眾隨從兵。

櫂人描繪出喉嚨的痛苦傳播至鮮血的意象，然後大喊：

「燃燒吧！」

血液變成火焰。隨從兵熊熊燃燒，弗拉德愉快地大聲爆笑。

（『原來如此、原來如此，還有這一招啊！自己也受傷雖蠢，不過原來如此，很有效啊！你是一個比我所想的還要聰明的蠢人啊！』）

雖然因為煩人的話而皺眉，櫂人仍是一腳踢向燃燒的隨從兵腹部，讓他墜落至崖下。

大鬍子男也露出猛然驚覺的表情，用斧背毆打離自己最近的那具隨從兵。親眼確認那邊也順利地讓敵人墜崖後，櫂人用劍突刺火勢減緩的一具隨從兵。

不久後，周圍排列著隨從兵的焦屍。

「勉強……做到了啊。」

櫂人從脖子滴滴答答地流出鮮血，因暈眩而當場跪地。大鬍子男連忙衝向這邊。男人重新抱好大聲哭叫的嬰兒，然後向櫂人搭話。

「你、你啊，沒事吧，喂！」

「嗯嗯……沒事。這種程度的失血，靈魂是不會脫離的啊。」

「雖然完全搞不懂你在說什麼，不過你……你是恩人喔！是我好友的女兒的恩人！靠我一人是無法守護她的。你明明很年輕啊，真是多謝了。」

男人粗魯地握住櫂人的手。然而就在他打算上下搖動時，卻又慌張地停止動作。他似乎發現櫂人手掌上也有很深的傷口。男人茫然地瞪大眼睛說道：

「你…………這不是渾身是血嗎？」

櫂人沒聽見那句話。

兩人頭頂響起如同雷鳴般的激烈金屬聲。

就像被呼喚似的，櫂人抬起臉眺望山頂。曾是教會分會的那個地方爆發了數百條鎖鍊的光輝。

此時櫂人眼中閃過了確切的憧憬。

他用簡直像孩童在讚頌英雄——那種口吻呼喚她的名字。

「——伊莉莎白。」

制裁惡魔的美麗女性，如今在巨花面前。

花的根底——最粗大的根部——被生鏽的釘子貫穿。她站在那上面，讓洋裝的裝飾布隨風飄揚。

巨花本體被鎖鍊層層縛住，位於花瓣中央處的嘴唇被頑強鐵輪壓扁，連心臟都無法吐出地發著抖。

花從喉嚨深處發出野獸般的低吼聲，伊莉莎白的黑髮因那股風壓而搖曳，然而她的表情卻依舊不變。伊莉莎白的赤紅眼眸中映出醜惡花朵，她一邊低喃：

「對人們施行虐待、剝奪、殺害之舉，最後自己也被奪走一切嗎？真是諷刺呢。」

「伊莉莎莎莎莎莎莎莎莎莎莎莎……白啊啊啊啊啊啊啊啊啊啊啊啊啊啊啊！」

「別著急啊，『大伯爵』。就由『拷問姬』為你那種生活方式——帶來適合的死亡與處罰吧。」

伊莉莎白有如騎士，將弗蘭肯塔爾斬首用劍捧至眼前。

是對絕對的死亡預感感到畏懼嗎，花瓣讓萼部的內側蠢動，將狀似唾液的蜜汁跟種子一同噴出。雖然那些東西幾乎都被鎖鍊彈開，卻還是有一些在黏液幫助下濕滑地繞過鐵圈。種子砲彈逼向伊莉莎白。然而在它們抵達前，伊莉莎白就高高地躍起了。

伊莉莎白優雅地在空中飛舞，有如要切下天空般移動長劍。

「『哈梅爾的鼠籠（Pied Piper Hamelin）』。」

黑暗漩渦與赤紅花瓣染上灰色雲朵。黑與紅色一邊將天空變成不祥色彩，一邊漸漸往中央聚集。那兒傳出咻嚕嚕嚕這種毫無緊張感的聲音，某物也同時降下。

圓鐵籠「喀」一聲覆蓋在花朵上。

鼠雨砰咚砰咚地下在那周圍。

始料未及的令人驚呆的光景讓櫂人不由得歪頭露出困惑表情。

「……老鼠？」

老鼠們一邊啾啾叫，一邊在四周來回跑動。其中也有老鼠喀啦喀啦地啃食掉落的種子，有如在說真好吃似的閃動圓滾滾的大眼睛。然而牠們並沒有特別大，看起來也無害。櫂人如此心想的瞬間，現場傳出嘹亮笛音。

定睛一看，伊莉莎白正坐在鐵籠上吹著銀色的長笛。如果只看閉目的沉穩表情跟優雅指法，看起來簡直像是大家閨秀。

（她還有這種特技嗎……話說那東西是從哪裡拿出來的？）

櫂人如此煩惱之際，老鼠也一齊抬起臉龐抽動鼻子。牠們配合輕快節奏，豎起尾巴啾啾啾地在根部上面跑成一列。等待在隊列前方的是，開在鐵籠側面的心形小門。

老鼠們真的很有活力地衝進裡面，這幅光景莫名令人聯想到孩子們爭先恐後跑進圓頂形劇場的模樣。

最後一隻老鼠進入後，門扉關閉。鐵板在門扉上打叉上了封印。

「那就開演（Show Time）吧。」

伊莉莎白將笛子轉了一圈，它變成了弗蘭肯塔爾斬首用劍。

她用劍尖輕敲鐵籠後，表面啵的一聲開起一大片紅花田。伊莉莎白再次敲敲鐵籠後，花兒們有如蛋糕上的蠟燭般開始燃燒。

聳聳肩後，伊莉莎白站起身軀，從籠子上方回到釘頭。

一開始很安靜，花兒在鐵籠上平穩地燃燒著。然而，過了一陣子，籠子裡面開始騷動起來了。

總算察覺這個滑稽的拷問真面目為何後，櫂人感到毛骨悚然。

（鐵籠會導熱。）

老鼠們無法忍受從頭頂逼下來的熱氣，試圖逃向下方。

牠們咬破花瓣，朝花朵內側移動。

花朵全部都是由──「大伯爵」的血肉構成的。

現場傳出慘叫。老鼠不斷向下移動將花朵咬碎。花瓣因小嘴巴而裂開，萼部裂開，花莖裂開，「大伯爵」痛到昏厥。腐敗的黏稠蜜汁從內側不斷溢出，然而那兒卻突然跑出某個意想不到的東西。

是一個全裸的初老男性。

身上塗了蜜汁的他，看樣子是「大伯爵」原本的樣貌。他似乎按照「大王」的命令，就算膨脹跟惡魔融合的軀體，也還是將真正的身軀隱藏在花朵深處。他的頸部上刺著針，即使如此，初老男性仍是眨了眨混濁的眼睛，心懷感激地眺望自己那副從異形之姿復原的身軀，然後準備向伊莉莎白道謝。

鼠雨不停灑落在他的全身。

「──────啊？」

「那個，『大伯爵』啊。這是拷問，你是不會得救的喲，只會受苦而死。」

以溫柔語調如此告知的聲音，讓男人的雙目染上驚愕色彩。在這段期間內，老鼠們齧咬男人的肩膀、齧咬耳朵、齧咬鼻子。

老鼠們陸續在男人的身上開洞，挖進肉裡。

他有如發狂般抓住老鼠將牠們丟出，但數量實在太多。

陸續掉下來的老鼠們將男人的軀體咬得像起士塊似的。

「啊，啊啊啊啊啊啊啊啊啊啊啊啊啊啊啊啊啊啊啊，啊啊啊啊啊啊啊啊啊啊啊啊啊！」

「大伯爵」的慘叫聲變成混濁的單音，激烈痛楚讓他有如發狂般開始狂舞。「大伯爵」的尿跟血還有肉片啪噠啪噠地灑落至腳邊的蜜汁，然而伊莉莎白卻不打算對這副悲哀的模樣大發慈悲。

如同她所宣言的，他沒救了。

不久後，「大伯爵」當場重重地坐下。

數隻老鼠鑽進毫無防備的腹部。一隻挖出眼球，另一隻侵入頭蓋骨內側。老鼠們大致吃光了「大伯爵」的本體與花朵。就在牠們老早忘記當初的目的，吃得飽飽的躺著時，黑色羽毛突然飛散。

爬遍大街小巷的根部也全部化為羽毛。在根部之間徘徊的隨從兵——是失去惡魔主人的魔力支持而內部崩壞嗎——也一個接著一個地倒伏在地。

黑毛羽毛宛如不合時節的雪，灑落在海邊的城鎮上。

一邊沐浴在那片黑雪中，一邊站立的女人既壯烈又不祥，而且很美麗。

大鬍子男不斷揉眼睛。在他身邊的櫂人，從伊莉莎白身上移開視線環視四周。看到隨從兵屍體也化為粉塵後，他讓臉上綻放出笑容——但映入視野邊緣的光景卻令臉頰一僵。

就在櫂人全身充滿緊張感時，大鬍子男愣愣地低喃：

「這、這究竟……那個，咦，剛才發生了什麼事？」

「別管了……你快帶著那孩子衝去教會分會的遺址！惡魔如今已死，大地那邊應該已經安全了。盡可能往高處移動，趕快，立刻動身！」

「呃，可是你要怎麼辦啊，渾身是血的……」

「別管了，快去！不快點的話——」

櫂人一邊忍受依然持續著的暈眩感，一邊站起身軀。他瞪視腐敗的紅色大海。

是領悟到「大伯爵」已死，或是被「大王」事先命令按照這個計畫進行呢？漂浮許多屍骸的大海發生了某個變化。櫂人以嚴肅的表情說道：

「海嘯要過來了。」

赤紅海浪緩緩退去。

在那中心處，肉色水母——「大公爵」——正在嗤笑。

＊＊＊

「喂，伊莉莎白！看到大海了嗎？要怎麼辨啊！」

「兩位平安無事嗎，櫂人大人，伊莉莎白大人！」

「虧妳曉得我在這裡啊，小雛！那兩人呢？」

「用誘發睡意的花香讓他們穩定下來了。我是順著櫂人大人鮮血的氣味找到這裡的！因為心愛的您的鮮血散發著甜美香氣。」

「能分辨血的氣味雖然方便，不過好可怕呢。」

「呀啊啊啊啊啊啊啊啊啊啊啊啊啊啊！櫂人大人，傷口、傷口增加了，可惡啊，就算墜人惡魔地獄也不可原諒！給我去死兩千次吧！如果有墳墓，我就要把它搞得亂七八糟——」

「你們冷靜，余已經很頭痛了，這樣頭會變得更痛啊。」

櫂人跟小雛的吵鬧聲令伊莉莎白壓住額頭。

在三人面前，沒有任何東西遮住視線，只有一大片混雜骸骨化為泥湯的紅海。

朝大海凸出的海角前端有一座城鎮燈塔，他們就聚集在那兒。

純白色的石造建築一樓是給守燈塔員居住的地方，二樓是燃料倉庫，圓形屋頂上備有用來長時間點燃火焰的鐵製塔樓，圍繞燈塔的螺旋樓梯上埋入與貝殼不同顏色的地磚，篝火旁邊也吊著流血淚的聖女像。

從裝飾性的高度判斷，這座燈塔也是象徵城鎮的建築物之一吧。

櫂人看到伊莉莎白離開巨花的痕跡移動，也連忙衝向這邊。小雛是在那之後衝過來的。由於情況也很混亂，兩人鬧哄哄的。在接連不斷的吵鬧聲中，伊莉莎白在眼眸中映照著大海的變化。海水黏稠地，黏呼呼地向後退，漸漸被吸入水母裡面。每吸入一些海水，半透明身軀就會更加超越極限地膨脹。

「唔，這個……」

伊莉莎白雙手環胸。從纖細手臂到肩膀，還有毫無防備地露出來的腋下等處，白皙玉膚上的紅色字樣顏色變得比她跟「大伯爵」戰鬥前還要濃厚。

「足以引發天地異變的惡魔並未降臨，所以這果然不是地殼變動所引起的海嘯呢——那個腐爛水母『大公爵』打算吸納自身所能吸入的海水，然後將水使勁噴出。」

「有什麼策略嗎？」

「先殺掉那傢伙的話，雖然溢出的海水多少會引發一些波浪，損害卻能僅止於小規模吧。不過如果按照他企圖的那樣噴出，這種程度的城鎮就會被吞沒吧。」

「那樣的話，就更要快點把那傢伙也殺了。」

「不過這裡會出現一個問題。水母不但位於遠洋，能用來靠近的船隻也盡數腐爛，所以不可能進行直接攻擊。不過就算想用長槍搭配彈射器將水母刺穿，威力也會隨著距離增加而下降，以余現在的魔力很有可能會被彈開。既然如此，最適合的方式就是使用動物刑，然而……」

伊莉莎白彈響手指，黑暗跟紅色花瓣在空中捲起漩渦。

黑與紅凝聚，然後瞬間爆開。在那之後，一隻美麗的大鴉展開翅膀。鳥兒有著聰明又陰險的眼睛，恭敬地停在她手臂上的金屬配件。

「這個的話，就能確實給予損傷，卻不能立即見效呢。就算讓幾隻變形成即死專用，余能使用的魔力量也不夠……這字樣實在令人厭惡呢。那麼，該怎麼辦呢？」

伊莉莎白輕咬唇瓣。在這段期間內海潮依然後退，水母也漸漸膨脹。

小雛用翠綠色眼眸瞪視大海，然後發出聲音。

「恕我直言，是否應該暫時撤回城堡呢？城鎮居民大部分都已經去避難了，就算建築物被沖走損壞，人命的損失應該也很少吧。而且瓦礫也可以當作立足點。現在先撤退，然後再返回的話，就能在對我方有利的條件下再次戰鬥。」

「余也想這樣做啊。不過若我毫不在乎地忽視足以破壞一座城鎮的損害，或許會被教會視為反叛之舉呢。這就是被套上枷鎖的家犬的不自由之處，真是棘手啊。」

櫂人垂下眼簾，反芻伊莉莎白跟小雛的話語。現狀惡劣至極，教會強迫「拷問姬」接受不合理的命令，然而櫂人也反對逃亡。

（我們現在逃走的話——就算損害不多——還是會出現犧牲者吧。）

櫂人告知剛才那個男人逃往高台，不過應該還有很多人還沒辦法去避難，而且也有人因為負傷而無法動彈吧。然而即使就櫂人看來，伊莉莎白的魔力也明顯減少了，所以無法勉強使用魔術。

（怎麼辦，怎麼辦，怎麼辦……快想。究竟有什麼是我能做到的？）

還是要跟以前一樣無力，什麼都做不到呢？

沙沙沙沙沙沙沙沙沙沙沙沙沙沙沙沙，海水發出聲響。

櫂人產生耳膜配合那道聲音緊繃的錯覺。所有聲音漸漸遠去，周圍的變化並非精神狀況變調使然，而是因為失血過多而使意識逐漸朦朧。從脖子流下弄濕衣服跟皮膚的鮮血感覺起來異常地熱。

櫂人自然而然將意識放到令人不舒服的熱度上。宛如有火焰在全身爬動的熱度也抵達了口袋裡的石頭，內部的蒼藍薔薇開始燃燒。感覺到這種錯覺的瞬間，虛幻手掌再次放到櫂人的肩膀上，那東西有著確切的重量與冷度。

（『那麼——該怎麼辦呢，我心愛的繼承人。』）

囁語聲有著香甜甘美、宛如蜜汁的語氣，黏呼呼地敲擊櫂人的耳朵。

指頭啪的一聲彈響。

回過神時，櫂人已獨自一人站在黑暗之中。他眼前擺放著一張用獸骨組裝而成，上面鋪了毛皮的氣派椅子。

弗拉德一邊輕撫扶手上的頭蓋骨，一邊用王者般的傲慢姿態坐在那邊。

他搖曳著真的很有貴族風貌的大衣下襬站起身軀。弗拉德一邊走路一邊弄響鞋底，親切又帶有威嚴地講起話。

『來，趁這個時候繼續上課吧？我應該對你說過，以自身痛苦點燃體內魔力的方式，很遺憾是有其限度。最有效率的方式，就是從人的痛苦中製造出魔力本身。為了達到這個目的，你不是要吃惡魔的肉，就是——要召喚惡魔。』

弗拉德望向櫂人，就像要確認他對這番話的反應，然而櫂人沒有回答。弗拉德聳聳肩，再次邁開步伐。

他有如指揮者般，揮動被白手套裹住的手掌。

「就算被我突然這樣說，你也很難有實際的感覺吧。所以我想給你機會試用一下。畢竟我就像是你師父之類的存在啊，就是要照顧到這個地步才叫做師父嘛。」

「……」

『我跟【他】之間已經毫無關係了。不過就算沒締結契約，對方也曾經如同半身般待在我身邊——雖然那個存在因我之死而回歸高次元，不過碰觸一下尾巴程度的知識技巧我還是有的啊。惡魔會因人類的痛苦而感到喜悅。就算只是通過【他】將你剛才感受到的痛苦還原為魔力——也會是一件很有趣的事情吧。來吧，這是真正的應用篇！』

弗拉德停下腳步，啪的一聲高聲拍手。他用完全沒想過會被拒絕的態度重新面向櫂人，然後說出裝模作樣的宣言。

『如今，你就要踏出偉大的第一步！』

「——打從剛才開始你就亂說一通吵死人了啊，弗拉德。」

在黑暗中，櫂人初次發話。現場響起空洞又低沉的聲音。

櫂人用望向敵人般的壯烈眼神看向弗拉德。弗拉德浮現從容笑容，有如在詢問「你要怎麼做」似的歪頭。

當然，櫂人心中的回應早已決定。

櫂人向前踏出一步，他覺得祈求自己幸福的少年似乎正從某處看著自己。這樣做好嗎——他用擔心抑或是責難的眼神如此發問。

（嗯嗯，我知道啊。諾耶，「這樣做是錯的」。）

櫂人雖然理解這一點，還是開了口。

「有方法的話就快點拿過來。就算是為了應付接下來的狀況，『我也需要那個』。」

『真是不錯的回答！』

在那瞬間，弗拉德朝櫂人體內——靈魂之中——插入自己伸出的手。

人類的手掌噗滋一聲埋入櫂人的腹部。

激烈痛楚流竄，蒼藍花瓣與黑暗在臟器之間捲動。

眼球底部爆出不祥光芒，強烈野獸腥味充斥鼻腔。耳膜深處響起低吼聲，上等毛皮輕撫腿部。整副身軀——藉由地板的震動與空氣的振動——捕捉到狗在四周來回跳動的腳步聲。

最後櫂人在臉龐旁邊感受到有著鐵鏽氣味的濕潤氣息。

（我被聞味道了？）

最貞級的獵犬正在確認立於眼前之人。

確認那是人還是肉屑。

——然後……

『恭喜，最初的試鍊合格了。』

回過神時，黑暗中已沒了弗拉德的身影。黑狗的尾巴從空中毫無脈絡地垂至櫂人眼前。

他茫然地舉起手掌。櫂人將自己聚集的痛苦——不只是自身的痛苦，也匯集了用魔術給予隨從兵的痛苦——然後緊緊抓住尾巴。

咕唏噫嘿嘿嘿嘿嘿嘿嘿嘿嘿，呼嘿嘿嘿嘿嘿嘿嘿嘿嘿嘿，咕噫嘿嘿嘿嘿嘿嘿嘿嘿嘿嘿嘿！

類似人聲的笑聲響起。

在那瞬間，櫂人睜開雙眼。

＊＊＊

「——咦？」

回過神時，櫂人跟原先一樣站在燈塔的屋頂上。

他前方依舊有一大片紅海，海潮的位置幾乎沒有變化。看樣子似乎是沒經過多少時間。

伊莉莎白跟小雛也用認真的表情繼續議論著。

「那麼，就同時展開動物刑與彈射器。」

「雖然形勢嚴峻，不過這是最好的方式了吧……雖然有可能失敗，但也只能一試了。」

櫂人眨了眨眼，確認伊莉莎白站在自己面前的模樣。她體內的壓力確實是弱化了。然而那股力量還是有著引以為傲、狀似帶刺薔薇的陰暗之美。

（我能清楚地「看見」，就算是現在，她擁有的魔力量也跟平常的我有著天壤之別啊……不愧是「拷問姬」。那麼，我——）

櫂人望向自己的手掌，那兒明確地殘留著黑狗尾巴的滑順感觸，而且不斷溢出鮮血的傷口上沾滿了黑毛。

（原來如此……所以說那果然不是夢。）

雖然皺起眉心，櫂人仍然以那股不舒服的感覺為中心，確認在體內打轉的嶄新魔力量。有如將手臂放進水裡量深度般結束測量後，他點點頭。

（嗯嗯，這樣就「做得到」了啊。）

櫂人無言地靠近伊莉莎白後，伸手觸碰停留在她手臂上的大烏鴉的背部。他有如逗弄般撫摸美麗的毛皮，鮮血弄髒羽毛，從掌心延伸而出的狗毛纏上翅膀。

大鴉的背骨同時開始發出嘰哩嘰哩的磨擦聲。

受到粗暴魔力的介入，它漸漸改變外貌。

「嗯？…………什麼！」

伊莉莎白猛然彈起臉龐。眼中映照著大鴉的變化——她瞬間露出大吃一驚的表情。疑惑地望向櫂人後，那對眼眸裡漸漸浮現理解跟憤怒的神色。

「櫂人，你這傢伙！」

伊莉莎白有如箭矢般銳利地伸出手臂，狠狠揪住櫂人的領口。

在那段期間內，大鴉仍然繼續變化。純黑色眼眸瞬間寄宿地獄之火。線條纖細的小臉啵啵啵地變醜蠢動，化為獵犬之物。

大鴉即將變成「石像鬼（Gargoyle）」般擁有野獸頭部與胴體，還有鳥類羽翼的生物。然而那個變化卻漸漸朝穩當的方向穩定下來，之後剩下的是擁有更加巨大的飛翼、殘暴利爪以及銳利翅膀，比原先還要大上好幾圈的巨鴉。

看起來也像是鴉之王者的那個存在，是絕無僅有的生物。

大鴉自豪地振翅，然而伊莉莎白氣得發抖。被她的手臂抬起，櫂人的腳尖微微浮在空中。伊莉莎白情緒激昂同時大吼：

「你做了什麼！那股力量是怎樣！從哪裡得到的！」

「呃，伊莉莎白……比起這個，可以再變出三隻當作基礎嗎？以我的技術，雖然可以注入魔力讓牠們變強，卻無法造出——」

「蠢材！『那個』是絕不能出手的事物，你笨到這種地步嗎！」

「我，還沒有，得到手！……他說只是，『試用』。」

「少開玩笑了喔……弗拉德應該已經死了！明明是這樣才對，為何你——」

「伊莉莎白……之後再談這件事。現在要，烏鴉。這樣下去我跟妳都會有危險。」

櫂人淡淡地如此訴說，伊莉莎白咬緊牙根凝視那副沉著的——就某種意義而論看起來很瘋狂——的模樣後，要將他推開似的將他放下。

咳了幾聲後，櫂人輕輕點頭。

（也是啊……我就覺得她會生氣。）

包括她的反應在內，對他而言所有發展都在意料之中，事到如今根本沒理由害怕。就在此時，櫂人感覺到視線所以望向旁邊。不知為何，小雛露出好像隨時會哭出來的表情。該怎麼回應才好呢——他為此感到困惑，結果最後朝她揮了揮手。

櫂人再次用認真的視線望向伊莉莎白。她嘖了一聲，臉龐仍然因為憤怒而扭曲著。雖然露出極不悅的表情，伊莉莎白卻還是讓黑暗跟花瓣再次捲動。

「聽好了，事後要給余全盤托出——不說的話就處以螺絲刑。」

雖然像這樣撂下狠話，她還是陸續製造出烏鴉。櫂人一邊表示自己就算沒被拷問也會說出一切，一邊有如洗禮者輕觸牠們的背。

不久，四隻看似王者的大鴉完成了。

「——『四羽天葬（Sky Burial）』。」

伊莉莎白如此宣布，四隻鳥也同時描繪圓弧一邊飛舞至空中。牠們用不像烏鴉的有力振

翅動作飛渡大海，朝水母逼近。

四隻鳥各自分散停留在半透明的肉體上，然後抓住肉。牠們就這樣朝四個方向飛行。被拉起的表皮破裂，從裡面漏出液體跟海水。

「嗚……啊，啊啊啊啊啊啊啊啊啊啊啊，啊啊啊啊啊啊啊啊啊啊啊啊啊啊！」

水母難受地掙扎，發出痛苦的聲音。然而就算肉被拉至極限開始裂開，烏鴉們也不打算停止。水母流出體液跟海水，不久後就跟花瓣一樣裂成四塊。

腐敗的巨大肉片輕飄飄地落至海上。

在那同時，被吐出來的海水以猛烈勁道逼向燈塔。

「抓緊，自己的身體自己保護！」

以伊莉莎白的聲音為信號，三人行動了。

從水母身軀溢出的海水引發波浪，其高度超越了燈塔。如果是平常人，在這股威力下就會束手無策地被吞噬沖走。

三人緊抓被固定住的聖女像，一邊以自身魔力輔助一邊維持姿勢。類似血液的水帶著無數生物屍骸，發出轟響通過眾人周圍。

（勉勉強強，這種程度的話，被吞噬的區域會僅止於海岸線上的部分建築物啊！）

就在櫂人一邊拚命維持氣息，一邊感到放心之時。

他跟一隻魚「四目交會」。

仔細一看，那東西既是魚也不是魚。威嚴十足的男性臉龐完美地違逆海浪潮流，一邊看著櫂人他們。

肥胖的魚身上長著人類臉龐。

那對死氣沉沉的雙目中沒有任何活力，骯髒的肥厚脣瓣張開了。

人面魚吐出了心臟。

「————咦？」

某個光景在櫂人腦海中復甦。

「大伯爵」的花朵深處有一個裸男，「大伯爵」將自身本體隱藏在花瓣深處。然而「大公爵」的水母雖被撕裂，痕跡中卻沒有類似的東西存在。

如果「大王」命令「大公爵」改變本體形狀，然後吐出心臟——

而且，如果「大伯爵」跟「大公爵」的高調舉止全是陷阱——

「伊莉莎白！」

心臟破裂了，上百條手臂越過波浪在水中泳動。

紅色手臂抓住伊莉莎白，力量從她的身體流失。櫂人立刻抓住正要被海浪沖走的腰部，然而他自己的手卻快要離開聖女像了。

小雛發揮令人驚異的反射神經與握力，用單臂抓住櫂人的領子。

「櫂人大人！」

不久後水之奔流離去，屋頂留下大量魚屍跟紅色水窪。櫂人攤坐在地板上，搖晃伊莉莎白軟綿綿的身軀。小雛也一邊運作體內的排水裝置，一邊跪在旁邊。

「伊莉莎白，伊莉莎白，喂，振作點！」

「伊莉莎白大人，請您回應一下，伊莉莎白大人！」

沒有回應，有如英雄般戰鬥至那般境界的女性沒回應兩人的呼喚。

櫂人抬起臉龐，撩起濕掉的瀏海望向大海那邊。

就算裂開也沒有崩潰的水母身軀，如今正漸漸變化為黑色羽毛。不久後它突然崩壞，輕飄飄地飛舞四散至紅色大海，在波浪上燃起蒼藍火焰。

「大伯爵」跟「大公爵」的討伐結束了。

而且，這場勝負本身是櫂人他們輸了。

小雛

機械人偶女傭，視櫂人為主人與戀人。典型病嬌，很樂意為了櫂人的幸福赴死，甚至可說是會想去死的自我奉獻型，鮮少讓櫂人本身受到危害。

Fremdfortürchen
4
英雄與思慕之人

瀨名櫂人自幼就看不起英雄。

在只上過一陣子的學校裡，他得知了這個概念。有一段時間他甚至希望英雄會來到自己身邊。然而不管如何盼望，全身烙滿香菸疤，手肘被打火機灼燒，腳指骨被折斷，下跪磕頭領受父親跟情婦吃剩之物的生活仍然沒有改變。就是因為這樣，櫂人不久後就由衷地認為這個概念——英雄大顯身手——跟種種故事都很荒謬。

世上並不存在這種東西。

如果有人在端正世間的不公，那櫂人的痛苦與悲傷——豈止如此，連他自身的存在都應該會從這世上被除去才對。

諷刺的是，就是因為世上實際存在著櫂人這個不公平與痛苦的聚合體，才證明英雄並非實際存在之物。他親身——就某種意義而論，就像壞蛋角色般——呈現英雄在現實世界中的缺席與其無意義。

直至自己被絞殺為止，櫂人都不曾改變過這個認知。

而且，異世界裡也沒有英雄。這個世界是有著奇幻氣息的劍與魔術的世界。然而在受到惡魔所擾的大地上，也沒有清高的英雄與傳說中的勇者。

只有稀世罪人「拷問姬」在戰鬥。

立於屍山上的絕對罪惡——正在擊潰更加深沉的罪惡。

櫂人看不起英雄。

然而，就惡人而論——有時則不在此限。

＊＊＊

石造寢室裡擺著作工粗糙的椅子。櫂人坐在那邊，眼周有著很重的黑眼圈。

在他前方，伊莉莎白有如重現那天一般深深躺在床上。纖細軀體上爬得密密麻麻的紅色字樣更加成長了，如同荊棘般覆蓋在白皙肌膚上。她會定期發出像是發燒般的痛苦呻吟聲。每發出一次呻吟，待在枕邊待命的小雛就會身軀微微一僵。

除了努力地擦汗外，已經沒有她能做到的事情了。

從港口城鎮那邊回來後——自從兩個小孩的家人跟教會的人一同前來，櫂人把小孩交給他們後——已經過了數日。然而即使在小雛犧牲奉獻的照料下，伊莉莎白仍然沒有恢復意識。被留下來的兩人，只能束手無策地等待她清醒。

（無法幫上忙真是令人難受呢。）

櫂人坐在椅子上，將力氣灌入十指互握的手掌。那道傷口順利地癒合，暫時取得的魔力也消失了。皮膚上也沒有殘留黑狗尾巴的感觸。

櫂人尚未跟任何人說過當時的事。小雛雖然數度將詢問目光投向他，到頭來還是選擇了專心看護伊莉莎白。櫂人也樂得輕鬆，依舊閉口不談此事。

眺望被紅色捆住的纖細身軀，他嘆了不曉得是第幾次的氣。

「………伊莉莎白。」

「……………那個——」

現場突然發出並非兩人的第三者的聲音。

小雛抓起腳邊的槍斧，有如被彈起來般站起身軀。櫂人也流暢地從口袋裡取出小刀，將它抵住自己的掌心。然而門扉另一側的氣息卻還是一動也不動地佇立著，兩人歪了歪頭。

總覺得對方好像在害怕。

「小雛，可以拜託妳嗎？」

「當然，櫂人大人請移動至從門扉那邊看不到的位置。」

確認櫂人去避難後，小雛走近門扉迅速將它打開。她將槍斧朝向對方，準確地用斧刃抵住對方的脖子，漆黑色塊狀身軀猛然一震舉起雙手。

被隱藏在兜帽底下的臉龐發出悲痛聲音。

「我、我不是敵人喔！既是局外者也是同伴！是美食家客人與奇食家客人的朋友，您的『肉販』喔！每日送達美味可口的肉！沒錯，就是我本人！」

「啊，什麼啊，是『肉販』呀。」

「我，你，朋友！」

「請冷靜，真是失禮了。不過，那個……我應該有聯絡過，伊莉莎白大人健康狀況不佳，所以暫時不用送肉過來吧？」

沒錯——小雛歪頭沉思。「肉販」點了點頭，怯生生地放下雙臂後，將總是隨身攜帶、上面用叉印修補過的巨大袋子拖進室內。

或許是鬆了一口氣，「肉販」壓住胸口，將沉痛視線望向沉眠中的伊莉莎白。

「真是可憐啊，伊莉莎白大人……這麼活力十足的您居然會這樣。」

「意識還沒恢復。如果你是來探病，那就抱歉了啊。」

「不，不是的。我是來送商品——肉過來的。」

「都說我事先講過了——」

小雛發出困惑的聲音，然而「肉販」卻有如鈴鼓般搖了搖頭。

「確實，美麗的女傭殿下有請我暫時休息一陣子呢。不過，伊莉莎白大人恢復健康時如果不能立刻吃到新鮮的肉，那她一定會很失望吧。」

「……『肉販』先生。」

「讓顧客餓肚子就等於砸了『肉販』的招牌。我帶了您平常買的品項來，請兩位收下……如果在伊莉莎白大人享用前就壞掉，那就不用付錢了。」

「……『肉販』，你──」

「伊莉莎白大人是好客人，我最喜歡她那句『好吃！』呢。希望她能快點用這些肉飽食一頓啊。」

「肉販」害臊般拉了拉兜帽邊緣，垂下臉龐連珠炮似的如此低喃。櫂人跟小雛不由得面面相覷。兩人一邊感動地熱淚盈眶，一邊點頭，開口向「肉販」搭話。

「非常感謝您，『肉販』先生。您投注在工作上的氣概──深深傳到身為櫂人大人的永恆戀人，同時也是隨從的我──小雛的齒輪上了。光是有這份心意就足夠了，我會從我的薪水中支付費用，請您務必收下。」

「不，由我來付。謝謝啊，『肉販』……伊莉莎白也會很高興的。」

「不不不，這種程度是應該的喔。呼嘿嘿嘿嘿，成功了，成功了！萬歲！」

「喂，給我等等！」

「肉販」開心地扭動身軀跳起舞。從那種口氣判斷，他是預料到會有這種發展才做出這番言行的吧──如此心想的櫂人露出半死的眼神。然而，「肉販」搖動屁股表演完欣喜之舞後，倏地停止動作露出認真表情。

「哎，兩位真的用不著露出這麼陰沉的表情啦！如果是伊莉莎白大人，一定馬上就會恢復健康的吧！對了，我這邊還有探病的禮品喔！」

「肉販」將整個身體插進袋子裡摸索，看樣子他似乎真的替伊莉莎白擔了不少心。櫂人跟小雛溫馨地旁觀他的行動，但兩人的表情立刻就凍僵了。

「肉販」從袋子裡取出紫紅色的黏呼呼巨大肉片。

「嚇一跳吧，居然是巨怪的肝呢！」

「回去。」

「到處都在傳說它似乎有滋養強壯的效果。」

「有聞到詐欺的味道呢。」

「說詐欺還真失禮啊！我『肉販』啊！可是只賣真貨的喲！」

「唔，不是也有句話說『就是因為是真貨才糟糕』嗎？『在下』是這樣想的就是了。」

這次小雛真的抓起槍斧，櫂人也割裂了自己的手掌。

小雛將自己以外的三人護在身後，櫂人一邊保護「肉販」跟伊莉莎白，一邊將身軀轉向窗邊。那兒傳來他們以外的聲音——瀟灑男人的聲音。

百葉門窗在不知不覺間被切斷了，插嘴加入對話的始作俑者坐在窗框上。全身纏著繃帶的異樣男子一邊讓雙腳的腳掌互擊，一邊抬起高禮帽。

「打擾諸位談話真是失禮了！」

那是一名奇妙的瘦男。除了因髒汙而硬化的繃帶與高禮帽外，他身上一絲不掛。將勉強從繃帶縫隙露出的嘴巴扭曲成新月形後，男子報上名號。

「在下是『侯爵』！抱歉以這副醜陋姿態示人！因為在下被吾等美麗的『大王』陛下處、處、處、唔，處罰？可惡啊啊啊啊啊啊，那個厚臉皮的賤婢！下地獄吧啊啊啊啊啊啊，啊，啊？失、失禮了。」

「侯爵」低頭行了一個禮，仿照大腦造形的銀針在他脖子上散發光輝。

權人感到毛骨悚然。仔細一看，「侯爵」繃帶下的肌膚都被燒爛了。白布被體液弄得又黃又髒，連毛髮都失去了，眼球也整個凸出。然而比起「處罰」內容的可怕程度，他報上的名號才令權人跟小雛戰慄。

（在十四惡魔中，「侯爵」也算是上級的了。）

那不是只靠兩人就能戰勝的對手。即使如此，權人跟小雛仍是站在床鋪前方，就像要守護伊莉沙白跟「肉販」似的。權人從喉嚨深處擠出因緊張而沙啞的聲音。

「你有什麼事，『侯爵』？」

「呼呼呼呼呼呼呼呼嗯，啊～～哈哈哈哈哈哈哈哈嗯！嘿，咻，嘰！」

「侯爵」一邊唱歌一邊從窗框躍下，重重落至地板上。他有如棄犬顫抖身軀。才剛這樣想，下個瞬間「侯爵」就有如被絲線拉動般起身，接著將手放上自己的腹部。

櫂人瞇起眼睛，那些繃帶的縫隙間長出了某物。

（有東西刺在「侯爵」的腹部上？）

「有、有請請請請請請請請各位觀，不要啊不要住手住手，我快停止快停止，饒、饒命，在下什麼都肯做，就只有這個不要快住……呀啊啊啊啊啊啊啊啊啊啊啊啊啊啊啊啊啊啊啊啊啊啊啊啊啊啊啊啊啊啊啊啊！」

「侯爵」發出抵抗話語與壯烈慘叫，同時抓住從自己肚子裡長出來的某物，一口氣將它向前拉。在啞口無言的櫂人跟小雛面前，他一邊從腹部撕裂至胯下，從自身體內取出某個四角形的東西。體積絕對不小，以蛇一般的長鍊裝飾的鏡台出現了。

「咕呃……咳咳，啊嘎……噫，咕嗚呃！」

被鏡框磨爛的臟器跟鮮血一起滴落。

「侯爵」雖然噴出泡泡跟鼻水，仍是將鏡台完全取出，用力立在地板上。或許是事先被施加了魔術，那個傷口漸漸癒合了。

「侯爵」當起鏡台的架子，就這樣翻白眼昏死了。

銀色鏡面被他的血液跟脂肪弄得又髒又濁。一道不祥光芒突然寄宿在那兒，紅色人影在裡面搖晃。鏡台響起歡呼聲跟愉快的音樂，以及最重要的——艷麗的女聲。

『欸，這個有照出來嗎？咦，還沒嗎？是這樣子的嗎……總覺得有順利發動了啊，真的？哎呀，討厭，不是有照出來嗎！真是的，這班蠢材！好了，退下吧！……貴安，伊莉莎白，這麼吵鬧真是抱歉呢。』

「人王」揮動烏鴉羽扇，露出微笑。然而，或許是對映出的畫面感到不滿，她移動臉龐尋找能讓自己看起來更漂亮的角度。每移動一次，從洋裝胸口露出來的豐滿乳房就會危險地搖動。

舉止雖然相當悠哉，她的氣息仍然充滿不祥。

「…………『大王』，菲歐蕾。」

櫂人低聲呻吟。沾在鏡台邊框處的血跟脂肪特別濃厚，所以無法看清楚「大王」身在何處。然而，她背後似乎有一大群人。

究竟是發生了什麼事，連稱讚「大王」的聲音都不時傳入耳中。

也許總算對臉的角度感到滿意了，「大王」點點頭。頭髮也調整好後，她嘆了一口氣。

『真是的，我明明將完美地打招呼視為目標耶……進行得真不順利呢。那麼，今天我有話想對妳說，所以請【侯爵】將鏡子搬了過去，他在那邊奄奄一息了嗎？如果沒失禁，請妳務必要溫柔地誇獎他喔。說到他啊，不但擁有跟我差不多的精神操作能力，而且又是自戀狂呢。是一個不太聽話的壞孩子喲。不過啊，最近他變得會當一隻好狗兒了，真的是幫了大忙喔。』

「大王」打從心底發出慰勞般的聲音，從內側輕撫沿著鏡面流下的血。

她背後爆發出特別強烈的歡呼聲。回頭望向後方揮揮手後，「大王」送了一個飛吻。她再次重新面向鏡子，啪的一聲在臉前方合起雙掌。

『對了對了，我得好好講話才行，這也是為了不讓【侯爵】做白工嘛。在第二次的【活祭品咒法】順利生效後，如今我打算派那邊的【侯爵】跟【大侯爵】，以及數量破千的隨從兵跟使魔，華麗地襲擊妳的城堡呢——不過如此一來，伊莉莎白妳就會很困擾吧？』

「大王」微微一笑後歪了歪頭。她在那雙眼眸裡盈滿大慈大悲的同情心，並俐落地收起烏鴉羽扇。「大王」菲歐蕾用羽扇直指鏡面，有如女帝丟出高傲邀約。

『就算逃走也沒用喲，因為我會追到天涯海角的。妳已經像是被釣上來的魚了——就是因為這樣，所以我有一個提議呢——低下妳的頭侍奉我吧，公主殿下。反正就算插針，妳也幾乎不會聽從命令吧，所以我會按照原樣將妳迎進這裡。妳值得當寵物呢。我呀，不只是男人，也喜歡強者——妳嘛，是呢……「還不賴」。』

對「大王」來說，這恐怕是近乎極致的讚美詞了吧。櫂人跟小雛皺起眉心面面相覷。

「大王」毫不在意伊莉莎白的沉默跟兩人的反應，把話繼續說了下去。

『是呢，就允許妳把機械人偶當成嫁妝帶過來吧。雖然我不需要帥哥，不過一兩個破銅爛鐵還是有地方放的。如何呢，伊莉莎白？我不會虧待妳的喲。仔細想想，妳畢竟也是我好友弗拉德的愛女嘛。我就把妳當成自己的小孩，從頭到尾好好疼愛一番吧。』

「這可不是對親生子女說的台詞啊。」

「我雖然喜歡伊莉莎白大人，卻是櫂人大人的、只屬於櫂人大人的女傭。」

櫂人跟小雛同時低喃，然而「大王」並沒有在聽。

她背後再次高聲地傳出歡呼，她回頭開朗地揮揮手。在這段期間內，弄髒鏡面的鮮血跟脂肪仍然黏呼呼地滑落至地板上。

「大王」再次重新面向鏡面。看到那張臉龐，櫂人不由得皺起眉心。

她的表情變得截然不同，令人產生換了一個人的錯覺。「大王」用讓人聯想到斷頭聖女的高雅面容開口說道：

『我說伊莉莎白啊，接下來不開玩笑，來講更認真的事情吧。』

「人王」靜靜地吸氣，緩緩繼續著真摯話語。

『【教會】不會拯救妳。妳會死，被我殺死。明明是這樣，妳為何還打算要戰鬥呢？妳明明擁有邪惡到骨子裡的權利，也具備這種力量耶。』

「大王」將美麗的掌心壓上鏡面內側，垂下長長的睫毛。那張臉龐只有在那一瞬間看起來超過她至今為止所累積的年齡。

是在思考什麼呢？「大王」有如母親用溫柔至極的語調繼續說道：

『……對了，就來講這件事吧。我小時候很喜歡一名雖然愚笨卻很善良的園丁喔。』

鏡面忽然搖晃，映照出一名看起來很難相處的年幼少女，以及一個長得一臉像是被壓扁的青蛙——浮現在臉上的表情卻純樸又溫暖——的園丁。

是從哪裡傳出來的呢，現場響起的只有「大王」的聲音。

『我周圍的大人啊，每天都在說著塗上虛偽的甜美謊言。明明討厭我那個暴發戶父親，卻像是想得到什麼好處似的諂媚，一直討我歡心。我就是小小的女王殿下。不管我做什麼，周圍都不會有大人責備我……不過，只有他一直罵我，相對的也不曾對我說過謊。像是【做壞事會有惡報喔，小姐】啦，還有【老天有眼，所以要當好人才行】之類的。哈，多麼愚蠢。不過，我並不討厭他……嗯嗯，是呢。說起來很好笑吧？不過我並不討厭他喲。』

「大王」簡直像是在害羞般，輕聲地喃喃說著話。然而在下個瞬間，鏡面映照出異樣的光景。

方才那名男子被剝得精光綁在木頭上，全身有如剛出爐的麵包般紅腫。他被毆打全身，最後喪命了。

抱著點心的少女茫然望著這副模樣。她在懷中的籃子裡裝了兩人份——是打算跟某人一起吃嗎——的烘焙點心。

『不過，他卻被其他傭人誣陷而死掉了。他們說他偷走母親的金梳子，用賣掉的錢去玩女人呢……多麼荒謬啊。明明沒有其他男人像他這樣耿直又虔誠……但醜陋的他所說出的拙劣辯解卻沒人肯聽。』

傾斜的籃子裡掉出烘焙點心，弄髒地面滾落在地。

畫面溶解消失，鏡面再次映照出「大王」的身影。

她微微扭曲唇瓣，那對眼瞳有如瞥見遙遠昔日似的瞇起。然而，「大王」沒多久就緩緩

──有如在說這是無可奈何的事情般──搖了頭。

『這是無關緊要的陳年舊事呢。不過，也是跟所有事情都有所關聯的寓言喔，伊莉莎白。不久後妳也會知道的吧。所謂的世間，就只是能過得多快活然後死去罷了，無論是善是惡結果都是一樣。不會有任何人認同，也不會受罰。而且，這世間明明判妳有罪卻又不酬謝妳……我實在是看不下去呢。』

最後，「大王」突然有些寂寞地做出結論。

『妳跟我年輕時很像。』

「人王」一連串的言辭讓櫂人暗自屏住呼吸。

雖然只有一部分，那些話語還是跟他的想法有所重疊。

「拷問姬」非得贖罪不可，她應該在自己堆積出來的屍山上壯烈地死去。然而，將所有事情推給伊莉莎白，還把眼光轉開的做法中究竟有正義的存在嗎？

（我並不這樣想……嗯嗯，是啊，確實無法默不作聲地旁觀呢。）

櫂人緊咬脣瓣，伊莉莎白連一次也沒回應。即使如此，「大王」仍是把話講完了。她回頭望向後方，搖曳克里諾林裙襯邁開步伐。

項圈被拉動，許多隨從兵從左右兩邊跟在後方。

鏡子總算開始變清晰，映照出她背後的光景。

「————！」

櫂人同時感受到強烈的作嘔感。

「大王」在寬敞的帳篷內，大量男女在觀眾席上擠成一片。他們一邊流淚一邊狂熱地拍手，發出讚美「大王」的歡呼聲。

觀眾的視線前方有一座圓形舞台。有如蛋糕般被妝點成五顏六色的那上面，備有利刃鬃毛的旋轉木馬載著被帶刺鐵絲綁住嘴巴的人們，配合愉快音樂一同旋轉著。隨從兵頭上套著袋子，反覆無常地變換——提供動力的——手搖把手的速度。

木馬只要激烈地上下搖晃，犧牲者的身體就會因震動而被深深地切割，大量鮮血也會跟著溢出。

觀眾席上的男女拚命發出聲音。不過可能是因為恍神了，有一個人發出聲音時慢了一步。隨從兵將她抬上舞台，慘烈的尖叫消失，轉為被迫咬住鐵絲的聲音。

「大王」回過頭。她高舉雙手的鎖鍊，指向背後的地獄。

『不論是善是惡，都一樣————』

「這傢伙————！」

櫂人撤回方才的想法，她的話語毫無任何地方值得贊同。

會因為這種光景而感到喜悅的人，沒有活著的價值。至少對櫂人而言，他可以撂下這種狠話。然而，這裡卻沒人有力量可以把這個事實擺到那個傲慢女人的面前。

「大王」將人們視為蟲子般輕視，從遙遠的高處輕聲囁語。

『我們有權施虐喔，伊莉莎白。』

「以為自己變成神了嗎，母豬！」

長槍發出銳利聲音插到鏡面上。

破碎的銀色碎片閃亮亮地飛舞在半空中。

或許是因為衝擊而清醒，「侯爵」用腳趾刮去石板地面，隔著鏡子擋住長槍的一擊。他完全撐住鏡台，勉勉強強沒讓它倒下。在破裂的鏡面中，「大王」的笑意變得更深了。冰冷聲音朝化為扭曲影像的她發出。

「誰也沒有這種權利。無論是妳或余，還是人民、國王或神都一樣沒這種權利喔。」

聲音有力地如此斷言。將視線望向那邊後，櫂人鬆了一口氣。

在床鋪上，站著一名有如利刃般的美麗女性。

「────伊莉莎白。」

以魔力編的那件黑色束縛風洋裝有一半融解了。勉強覆蓋住身體的黑布有如影子朦朧地飄在半空中，比平常更加暴露的肌膚被紅色字樣入侵。雖然模樣像是慘遭凌辱過後，「拷問姬」卻還是堂而皇之地俯視「侯爵」。

伊莉莎白發出咂嘴聲，不悅地撂下話語。

「妳說誰像誰年輕的時候？少開玩笑了，『大王』。別搞錯了，無論這世間會不會回報『拷問姬』的勞動都無所謂。余只是支付自己掃光餐盤上那些——血、肉還有快樂——的代價罷了。行使虐殺與暴虐到最後，卻沒覺悟自己會被滅亡的肥豬少在那邊囉哩囉嗦。」

「伊莉莎白，妳——」

「妳為何沒察覺到呢？不論是善是惡都一樣？少開玩笑了喔。惡有惡報。妳只是認為『那才是世間真理，藉此掩飾自身的傲慢罷了』。」

伊莉莎白浮現冰冷至極的深切輕蔑，將「大王」映在那對眼瞳中。

自稱母豬的女人簡直像狼一般露出敵意，一邊撂下話語。

「別用過去當理由，別有如世間真理般談論對自己有利的那一面。欸，『大王』，『余很同情妳呢，實在是看不下去了』——余不需要妳的慈悲。要玩弄折磨余的話就玩弄吧，要殺的話就殺吧。反正余的下場就是狐獨又淒慘地死去。這樣也不錯吧。不過，別以為妳可以輕鬆做到。余就算快要腦袋搬家，也會狠狠咬住妳加以撕裂的。」

在自身處於壓倒性不利的狀況下，伊莉莎白更加皺起臉。

她露出只能說是邪惡的笑容，同時撂下話。

「真是令余期待啊，『大王』殿下！硬是要別人讚美自己的老熟女可以將臉龐扭曲到什麼地步呢！」

『──想說要對妳溫溫柔柔的，別給我得寸近尺喔，小姑娘！』

「大王」的假面具殘酷地剝落了。她消除華美、有時又充滿慈悲心、洋溢從容神態的表情。

「大王」朝伊莉莎白露出真的很有惡魔風格的不祥表情。

『我就在此宣言吧。我不會輕鬆地殺掉妳──我要侵犯妳，凌辱妳，活生生地拉出內臟，再塞回去，不斷給予妳這世上的所有痛苦，直到妳聲嘶力竭地哭喊懇求我，後悔自己出生的那一刻為止。』

「該當如此，這是很適合拷問者的下場呢！不過在妳如此戲耍之際，世間也會對妳還以顏色吧……正如余所願，『大王』啊。余就在這座城堡等待吾之死，還有妳的鮮血吧！」

『吼得好！請妳務必不要後悔喔──伊莉莎白．雷．法紐。』

「大王」彈響手指，光芒從鏡面上消失。

「侯爵」同時栽向前方。他全身痙攣，當場趴下。不過，「侯爵」忽然將雙手撐在地板上，有如蝗蟲高高跳起。

是打算吐出心臟嗎──櫂人跟小雛擺出架勢。然而「侯爵」卻平安無事地雙腳併攏著地，深深行了一個禮後，用生硬的動作邁步走向窗邊。

小雛正要將槍斧指向那個背部，卻又放了下來。這個判斷很聰明──櫂人點了點頭。

（「侯爵」的能力是精神操控。在「大王」的支配下是否能夠使用這種能力，老實說我覺得可能性實在很微妙……不過別輕舉妄動進攻比較好吧。）

爬上窗框後，「侯爵」就這樣墜落般消失了身影。

同一時間，伊莉莎白有如氣力用盡，單膝跪在床上。櫂人跟小雛屏住呼吸。

最先行動的人是「肉販」。不曉得何時一個人躲進櫃子裡的他從裡面衝出，啪的一聲撐住她。被鱗片覆蓋的手臂抱住雪白肩膀，「肉販」大叫：

「伊莉莎白大人，請妳振作！妳看，是我『肉販』喲！您的『肉販』正撐著您呢！哎呀，別在那邊拖拖拉拉的，愚鈍的隨從大人，美麗的女傭大人！」

「我知道！沒事吧，伊莉莎白！」

「伊莉莎白大人，請您不要勉強自己，躺下吧。」

「抱歉啊，給你們添麻煩了……這字樣實在討厭啊。」

伊莉莎白在床上躺平，小雛在她身上蓋被子。雖然將側臉沉進枕頭中，伊莉莎白仍是在眼瞳裡映照著兩個隨從的身影。

那張臉龐微微綻放笑容。在那瞬間，她確實將眼睛瞇成像是在微笑的形狀。

伊莉莎白輕輕吐出氣息，像是要辭退重臣的老王囁語。

「跟你們聽到的一樣，會有上千名敵人前來這座城堡。余雖然有意戰鬥，卻不打算拖你們下水。要逃的話就逃吧。余會有如高傲的狼一般活著，宛如可悲的母豬孤獨地死去。你們沒必要陪余——愛拿走多少財寶就拿多少吧。」

「妳在說什麼啊，伊莉莎白！腦袋長蟲了嗎！」

「對啊，伊莉莎白大人，您在說什麼啊！」

「小雛，妳侍奉得很不錯。妳那些料理的味道，還有充滿奉獻精神的看護，余都不會忘記……接下來也按照自己想要的生活方式，隨心所欲又健健康康地活著吧。余會祈求妳能幸福的……還有——」

此時伊莉莎白抬頭仰望櫂人。她冷哼一聲，輕輕撂下話。

「你這個，蠢貨……真是愚蠢。」

「連這種時候妳都……」

「……好不容易才獲得第二次的生命……快點，停手吧，已經……可以了。」

櫂人屏住呼吸。在他前方，伊莉莎白浮現相當安穩的微笑。

「已經，足夠了。」

有那麼一瞬間，她伸出了手。美麗指尖正要觸碰到櫂人自己弄傷的掌心。然而伊莉莎白卻在中途停止那個動作，緊緊握住自己的手。

眺望他與小雛兩人後，她用有些朦朧的語調接著說道：

「別被任何事物束縛啊……只要聽從自己……就行了。余……」

眼皮迷濛地微閉。伊莉莎白將衝出嘴邊想對櫂人跟小雛——特別是櫂人——說的話吞到肚子裡，作夢般用空洞眼神繼續說道：

「殺掉，殺掉……然後，殺掉……將父親，還有惡魔……」

伊莉莎白靜靜墜入夢鄉。

就算在痛苦與極度疲勞中，她都拒絕「大王」的提議，再次陷入昏睡狀態。那張睡臉就擺在眼前，櫂人咬緊牙根，而且用力到有可能會咬碎牙齒的地步。

為了不從嘴裡吐出在胸口裡打轉的憤怒叫聲。他拚命跟自己戰鬥。

（什麼嘛，什麼叫做不需要陪同啊！已經足夠了是怎樣！我們從現在才正要開始吧？我不是有對妳說過嗎！）

『哎，像這樣被妳召喚，復活返回人世也是某種緣分啊………我就盡可能地長伴妳身邊，直到妳踏上通往地獄的道路吧。』

櫂人曾對伊莉莎白這樣說過。

死亡時，伊莉莎白會是孤身一人。就連惡魔都不會在她身邊。不過在她迎接死亡的那一刻來到前，有人陪在身邊也挺好的吧。

伊莉莎白·雷·法紐滿是血腥的生涯中，身邊總是有著一名愚鈍的隨從。

這種事也不壞嘛——櫂人如此心想。

而且，他想起另一個重要的事實。

「拷問姬」帶著歡愉殘殺、屠殺了人民。那種連神都感到恐懼的行徑，真的是為了維持自己一個人的生命嗎？

是為了討伐同伴變多、力量增強，人類已經無法阻止的「父親」嗎？

至今為止她連一次也沒談過。

她不會去談論此事。

「愚鈍的隨從大人……你沒事吧？臉上的表情很可怕耶。」

「櫂人大人，那個…………」

「肉販」跟小雛怯生生地向櫂人搭話，他卻沒有在聽。櫂人用力握緊拳頭，使勁地踹向地板。

「隨從大人！」

「櫂人大人！」

櫂人留下兩人與伊莉莎白，發足急奔拉開門扉。他迅速地衝過無人的走廊，氣息紊亂，因激情而燃燒的雙目筆直地盯著通道前方。

他認為有什麼地方出錯了。

雖然不曉得是什麼地方出錯，不過這種情況絕對很奇怪。

＊＊＊

開在王座大廳那邊的洞穴透出灰色天空。今天也是陰天，厚重雲層讓它像是鯨腹的臃腫表面重重地躺在樹林上。

櫂人一邊沐浴著潮濕的風跟鈍重光線，一邊站在石板地中央單手拿著小刀。

他張開「侯爵」來襲時微微割裂的手掌。簡短地點頭後，櫂人慎重地將小刀疊上傷口。噗滋一聲——刀刃發出討厭的聲響埋進肉裡面。割到足夠深度後，他將小刀舉至正上方。溢出的鮮血滴落，在石板鋪面上劃線。

櫂人將它當作墨水利用，在地板描繪出四角形印記。

「——開啟（La）。」

血液以低喃聲為信號，發出聲音化為紅焰。火勢盛大地燃燒石板鋪面，不留痕跡地消滅，之後只留下黑色門扉。明明沒有用手碰觸，它卻有如彈簧裝置般擅自從內側開啟。裡面是一大片裹著淡淡黑暗的空間。

那是伊莉莎白的寶物庫入口。

「做到了啊。太好了，幹得很好。」

櫂人吐出安心的氣息。以前他曾經目睹伊莉莎白開啟寶物庫門扉的模樣，不過光靠這樣是不可能重現開鎖方式的。然而不知為何，他卻順其自然地靠直覺成功開啟了門扉。

伊莉莎白曾云「所謂的魔術，就是靠簡單契機就會有辦法使用的東西」。一直以來，每當他的魂魄在瀕臨死亡危機時就會與她的鮮血同調，再生了那段記憶。或許是如今櫂人已能從流動在體內的伊莉莎白之血中引出魔力，所以那些情報才會自然而然地傳達過來吧。

櫂人一步踏進寶物庫內部。長方形石階以固定的間隔飄浮在微暗之中，緩緩描繪著螺旋。就算從階梯邊緣窺視底部，也看不見任何其他的東西，只有微溫的風朝這邊向上吹。點了一次頭後，他飛身躍下螺旋階梯的第二階。

「嘿咻。」

櫂人毫不猶豫地大步走下沒有任何扶手的階梯。過了一陣子後，那周圍開始出現一些雜物跟拷問器具。

「……在這附近嗎？」

櫂人停下腳步，開始尋找某樣東西。目標物雖然不常用到，卻也是使用頻度有一定程度的物品。伊莉莎白應該會將它扔進寶物庫的上層才對。

不久後，櫂人在因血而生鏽的「鐵處女」腳邊找到目標物。

那是用薄紙造出來的球體。是伊莉莎白以前受教會之命討伐「皇帝」時，用來通訊的魔道具。

「有了。就算有辦法發動……是否真能聯絡上就……」

櫂人神情緊張，將它放上滿是鮮血的手掌。鮮血滲入其中，紙漸漸染成紅色。然而，它卻突然發出聲音變回白色了。

血連同色素一起消失了。

就像用消失的血液作為動力來源似的，球體開始發出藍白光輝。

它浮升至半空中，一邊發出光輝一邊開始旋轉。不久後，球體表面映照出人影。

最初的賭注賭贏了——櫂人握緊拳頭。與某人聯絡上了，接下來的問題就是聯絡上的地方跟對象。他試圖辨識人影的臉龐，那張臉卻有如透過霧幕般朦朧，連五官都很難判別。

只要能看見領口，就能從服裝判斷對方是否是教會人士——櫂人如此心想，拚命凝視觀視。就在此時，人影忽然發出欠缺人味的聲音。

那個嗓音有特色到令人印象深刻的地步，這是櫂人也聽過的聲音。

『——有什麼事呢，伊莉莎白？』

「哥多・德歐斯……真的假的啊，這不是中了大獎了嗎？」

櫂人茫然地低喃，似乎順利聯絡上他通訊前所設想的人物。

哥多．德歐斯是全權負責如何處置伊莉莎白的教會最高負責人之一，所以不可能是隨機通話就能聯絡到的對象。看樣子這個球體是特殊的魔術通訊機器——是具備專用通訊回路可以跟他通話的逸品——這樣想應該不會有錯。

哥多．德歐斯下達決定，表示自己相信伊莉莎白「不會跟惡魔訂下契約」，同時也是做出宣言表示如果有什麼萬一，就會用自身性命作為交換封印她的人物。可以說是最適合訴說伊莉莎白如今窘境的人選吧。然在那同時，他也是要求伊莉莎白在死前成就善舉，並且要她孤身一人討伐「皇帝」的人。

櫂人繃緊神經。然而在他開口說些什麼前，哥多．德歐斯就發出依舊平淡卻帶上若干疑惑的聲音。

『那聲音並非伊莉莎白啊，是何人？』

「我是伊莉莎白的隨從——櫂人——瀨名櫂人。」

『啊啊，是伊莉莎白從異界召喚過來的【善良靈魂】嗎？找我何事呢？伊莉莎白有同意你用我的寶珠聯絡我嗎？』

「哥多．德歐斯，伊莉莎白如今正處於危機之中。請你務必聽我說，如果她死掉，你們也會很頭痛吧？」

『說仔細。』

哥多．德歐斯真的很簡明扼要地回應櫂人，然後他就這樣閉上嘴巴。

櫂人深深吐氣。看樣子似乎不用擔心會立刻被對方切斷通訊。第一道難關好像是成功突破了，接下來就要看櫂人如何說明了吧。

他弄濕舌頭，拚命地開始運轉腦袋跟嘴巴。

「首先是『大王』因為『皇帝』之死而開始動作了。她以其他惡魔的心臟作為犧牲品，因此能夠使用『活祭品咒法』……然後，伊莉莎白的力量遭到封印。」

櫂人語氣雖然笨拙，卻還是勉強說明了港口城鎮的攻防，一直到「大王」宣言為止的事情。這樣應該有傳達了她的窘境。他在最後繼續懇求。

「這樣下去，伊莉莎白會被『大王』殺掉，好一點的話就是兩敗俱傷，所以教會那邊也做點什麼——」

「原來如此，跟這邊掌握的情況似乎差異不大。」

「…………………………………………啥？」

櫂人無法全盤接受對方說出的話，所以發出傻氣的聲音。哥多．德歐斯並未對這種失禮的態度做出反應。

（意思是教會……知道這件事？）

櫂人總算理解了這個事實，他大聲槓上保持冷靜沉默的球體。

「你在說啥啊！伊莉莎白就要被殺掉了喔！如果『拷問姬』被殺掉，假裝袖手旁觀的教會也會很困擾吧！明明知道這件事為何還這樣！」

『如果將隸屬於教會的所有聖騎士都派去伊莉莎白的城堡當援軍，沒錯，是有可能顛覆這個困境吧。不過在這種情況下，就等於是放棄王都與所有主要都市的守備。』

「啥？」

櫂人發出傻氣的聲音。哥多．德歐斯用不帶情緒——與這種不確切之物相去甚遠——的聲音重複說明。

『王都這個場所擁有的人民占所有人口的三成，是經濟與國政中心。那邊一旦被討伐，人類就會被迫面臨絕境。【大王】也不愚笨，如果移動聖騎士，【大王】就會趁虛而入吧。話雖如此，多少派一些援軍也只是杯水車薪，畢竟就算動員全軍也不能保證可以勝過對方啊。那麼，要將伊莉莎白藏在守備最穩固的王都嗎？光是讓她活著就已經有所反彈了，一個弄不好她會就這樣直接被處以火刑喔。』

「這——」

『也就是說，我束手無策。失去伊莉莎白雖然可惜，不過如今也只能讓她跟【大王】戰鬥了。如果贏了就好，就算敗北，若是在沒有後顧之憂的狀況下，【拷問姬】應該也能用玉石俱焚的覺悟結束戰鬥。在那之後，吾等會討伐受到重傷的【大王】。最可怕的情況是派遣所有聖騎士，結果他們跟【拷問姬】一起全滅，使得人類失去守護之力。我沒辦法下這麼大的賭注。』

「那個選擇只是暫時逃避不是嗎？你的意思是只靠你們有辦法應付剩下的惡魔？」

『吾等無法消滅惡魔吧。然而在欠缺【皇帝】的現在，是有可能鞏固王都跟主要都市的防衛不讓惡魔攻進來。雖然地方上會出現很多犧牲者，不過人類是不會滅亡的。在那之後，吾等會跟惡魔維持長時間的均衡狀態吧。在這段期間內，我方也會尋找對策。』

「……不過，你們要就這樣捨棄那傢伙嗎？你的意思是都讓她戰鬥至今了，就算她在這裡死掉也無所謂？」

『不是捨棄，是束手無策。而且別忘了，隨從啊。她雖然是很有效用的棋子，卻是罪人，最後必定會被處死，就算現在死掉也一樣——無論是哪一種，她的死狀都是淒慘的。』

哥多．德歐斯淡淡地編織事實，他機械式地陳述伊莉莎白的罪行。

『她堆起的屍山實在是太高了。被殺害的人民不會允許施恩，被屠殺的騎士不會認可赦免。無論累積多少善行——都無法顛覆死者的數目。因此吾等總是毫不留情地【對綁住的狗揮鞭】，這一切都是因為她是罪人。』

櫂人握緊拳頭，這番冰冷言語裡含帶著一種真理。

教會讓伊莉莎白累積善行不是為了讓她減刑，而是為了讓靈魂在死後得到救贖吧。事到如今已經無法對死者贖罪，對她生前罪行的判決已經下達。

而且比起「拷問姬」，教會當然會做出以人民的安全為最優先的判斷。為了她而讓王都放空城，就像是為了守護皇后而從棋盤上放棄國王一樣。然而，櫂人的胸口深處卻捲動著怒火漩渦。

他擠出真的很冷靜的乾啞聲音。

「這都是你們很弱的錯不是嗎？」

『…………什麼？』

「你們不用支付任何代價，也不用付出犧牲，對從屍山拔出劍的人丟石頭。認為自己什麼罪都沒有，毫不猶豫地丟啊。你們當然是什麼罪都沒有嘍，因為你們啥也沒做。你們要用這種方式講大道理嗎？像這樣叫別人是罪人嗎？」

『隨從啊。』

「如果你們很強——『拷問姬』打從最初就不會誕生了不是嗎？」

櫂人如此譴責教會的最高負責人之一。他不知道「拷問姬」為何選擇戰鬥，她也不曾談論過。櫂人不曉得這是不是正確答案，但他還是對無視這種可能性丟出石頭的人們吐口水。

沉默數秒後，哥德・德歐斯出乎意料地用不變的口氣承認批判。

『是啊，吾等的無力有罪。』

「既然如此——」

『不過隨從啊，事到如今吾等不可能擁有能助伊莉莎白一臂之力的力量。而且，【拷問姬】身為應該要唾棄的存在的事實也不會改變。吾等作為人民的代表，是不可能容許這份罪行的。伊莉莎白・雷・法紐從屍山上拔出劍，而吾等則是【那些屍體】的代表。就像你站在

【拷問姬】身邊似的，吾等也長伴著死者與遺族的行列。』

櫂人靜靜地仰望球體，他從連眼睛跟鼻子都無法辨別的人影上感受確切的視線。哥多．德歐斯絲毫不感到羞愧，直勾勾地凝視櫂人。

『她踐踏屍骸啜飲鮮血得到了力量。就算試圖用那股力量成就某事，你認為吾等就能稱讚她嗎？無論有何種理由——惡就是惡，不制裁的話，世間就會失序混亂。「她變成了這種存在」。而且，「伊莉莎白也知道這一點」。』

「……………伊莉莎白。」

『我再問一次吧，隨從啊。你有得到她的許可使用我的寶珠嗎？』

這次櫂人閉上了嘴。有如水底般厚重，壓得讓人透不過氣的沉默擴散在現場。在這片沉默中，櫂人喃喃回答：

「沒得到她的許可，是我擅自使用的。」

『我想也是……真是愚昧之徒。然而，伊莉莎白有個會替主人著想的隨從。身為她父親的盟友，我也感到很欣喜。伊莉莎白能在這條滿是血腥的道路盡頭得你相伴……表示神明的慈悲也有降臨至她身上吧。』

「……………神的嗎？」

喃喃低語後，櫂人深深地皺起眉心。他開始沉思某件事。球體恐怕是通話專用的魔道具，所以從哥多．德歐斯那邊看不到這副表情吧。即使如此，他仍然對「拷問姬」的隨從

——身為異端審問對象的少年——繼續述說認真得讓人吃驚的話語。

『吾等深切地祈求，伊莉莎白能做為一個神之子超越試練，在那些善行的最後——死亡並且得到靈魂的救贖。』

「…………神明呀。」

櫂人再次只對這個字彙做出反應。他突然解開繃得死緊的緊張感。不只如此，櫂人全身放鬆，軟軟地癱坐在階梯上。他從階梯邊緣伸出腳，用看起來真的很舒適的姿勢茫然地眺望起黑暗。

那對眼瞳突然寄宿了年幼少年般的純潔光輝。

櫂人突然講起毫無相關的事情。

「我啊，覺得HERO是不存在的喔。」

『HERO？那是什麼？』

哥多．德歐斯理所當然地做出疑惑的反應，櫂人對這個反應露出傻笑。他遠視前方，一邊凝視不是這裡的某處。

「用你們聽得懂的話來講，就是勇者或是英雄啊。剛開始時，我有希望他們會來救我喔。不過在不知不覺間，我開始認為世上根本沒有這種東西。根本沒有無條件守護、幫助弱者，打倒不公不義之事伸張正義的存在。如果有，就不可能有人像我這樣被搞到殘破不堪最後又被殺掉啊……我說啊……」

『──────』

「神明跟這個差不多喔。」

櫂人喃喃撂下這番話，哥多・德歐斯的回應慢了一拍。

這是身為教會最高負責人之一的他無論如何都能否定的話語吧。其內容幼稚拙劣，不是滔滔不絕對教義表示疑問的言論。即使如此，哥多・德歐斯的回應卻還是慢了一拍，這或許是因為櫂人的聲音聽起來──可以說是詭異也能視為純真──有稚子般的感覺吧。

他用小孩詢問「為什麼有神明」的調調論述祂的不存在。

「果然沒有這種東西呢。」

『神明是奉獻祈禱的存在，給予救贖──』

「不，你們的教義就免了喔。因為這是『我』的事。」

櫂人如此說完，雙腳併攏用力站了起來。

他用看破某事的表情將手插進褲子口袋，大大地嘆了氣。

「有地方存在著神明跟英雄喔，我這兒沒有就是了。說起來就只是他們『不肯待在我這裡』嘍……不過，我可以接受你的解釋。」

『口氣聽起來不像是接受啊。』

「不，我很清楚自己是笨蛋了。說到『拷問姬』是善是惡嘛，她當然是惡。向被殘殺那一方的人們求助，要他們幫助殺害自己的人真的很荒謬──我如果是被她殺害的那一方的人，應該會很開心地說『將她狠狠奴役後再處以火刑』吧。所以這件事跟你們無關，說到底只是被伊莉莎白召喚出來的【我】的任性，是【我】自己的事。」

『隨從啊——你到底在說什麼？』

「我是在說幫助我的人既非英雄也不是神明，不是信仰也不是你們啊。」

櫂人抬起臉龐，他筆直地望向球體。

如今櫂人口中的話只是荒唐言論，沒有意義也沒有道理。即使如此，他還是想用迷惘跟苦惱全部散去的表情說出這句話，所以他說了出口。

「而是『拷問姬』——世上最邪惡的女人。」

少年曾活在沒有神明也沒有英雄的世界裡，卻被一個女人強制性地賜予奇蹟。給予遭受不公平待遇被使用殆盡，與劇痛一同活過來的人第二次的生命。

那種行為實在是——

（給我添亂又惡劣至極——而且多麼棒啊。）

「所以我不會依賴你們，會自己盡力而為。哥多・德歐斯，我這樣決定了。」

『等等，你想做什麼？』

「我不會後悔，所以不管這個結果會變成怎樣，你們也千萬不要後悔喔。」

櫂人舉起滿是鮮血的手，冰槍從那張手掌射出。球體「嘰啵」一聲發出聲響遭到刺穿，通話被切斷了。

櫂人再次將手伸進口袋，深深地吸氣，吐氣。

他緊緊握住在布裡面發熱的石頭。

＊＊＊

櫂人登上寶物庫的平緩螺旋階梯。每登上一層階梯，薄闇就會跟著緩緩散去。光線從開在頭頂的四角形入口射進內部。

櫂人順著那道光抬起臉龐後，站在洞穴旁的小雛映入眼簾。

她一臉緊張窺視著昏暗的底部。

「嗨，小雛。」

「……櫂人大人。」

發現櫂人，視線也對上後，小雛破顏在美麗面容上露出笑容，接著放心地吐了一口氣。

爬完階梯後，他站在王座大廳。

在不知不覺間外面已經染上黃昏色彩。沉重雲層隨風飄動，就像在大海中游泳似的。大廳充滿了金色光輝。

掛在牆上的那些厚重又精緻的掛毯表面也帶著光粒，小雛的銀髮也散發著更加美麗的光輝。與她面對面後，櫂人開了口。

「抱歉，突然消失啊，伊莉莎白跟『肉販』沒事吧？」

「伊莉莎白大人正在睡。『肉販』先生說時間已經很晚了，所以他要去吃飯。他說在那之前自己會看顧伊莉莎白大人，所以我就過來這裡了。」

「發生那麼多事，他還肯留下來嗎……要說感恩是很感恩沒錯，但那傢伙膽子也挺大的啊。」

櫂人佩服地如此低喃。在腦海中想像出來的「肉販」爽朗地朝這邊豎起大姆指，總覺得這幅光景很讓人生氣。就在此時，他察覺到自己的左手雖然依舊插在口袋裡，卻還是可以看見露在外面的那一半沾滿了鮮血。執事服也有多處沾上了血跡。

在小雛面前這樣會很不妙——櫂人連忙開口。

「呃，小雛，這是——」

「請原諒我的無禮，櫂人大人。」

小雛突然連珠炮似的如此低喃，「咚」一聲踹向地板。櫂人的背被那雙手臂輕柔環繞。

她微微彎下高挑的身子，將臉深深埋進他的肩膀，銀絲秀髮滑順又舒服地輕撫他的臉頰。

櫂人大吃一驚，僵在原地，小雛則是發出好像隨時會哭出來的悶聲。

「您平安無事真是太好了……我一直在想您是不是不回來了。」

「咦，為什麼啊，小雛？我只是……去拿個東西而已喔。」

「最近櫂人大人好像離我越來越遠……在我不知情的情況下不斷承受痛苦，又使用散發出危險壓迫感的魔力……而且，這裡是……這個洞穴是一個陰暗又虛無的可怕場所，我覺得櫂人大人是不是被它吸進去了。請您不要一個人走下去，請務必別丟下小雛……求您了。」

「咦，咦咦？」

櫂人發出充滿疑問的聲音。寶物庫確實是伊莉莎白將她以前那座城堡的東西一股腦全部塞入其中的魔空間。那道階梯連扶手也沒有，碰到不妙的東西還有可能會死掉。話雖如此，應該也不是身體能力跟武力都很優秀的機械人偶小雛會恐懼的地方。

思考那些話語後，櫂人忽然想起某個光景。

被照亮的牆壁上長出鐵枷鎖，一名全裸少女有如商品擺飾般上半身被鎖死在牆上。櫂人誤以為她是人類，所以解開了她的束縛。

（小雛有當時的——我正式啟動她前的記憶嗎？）

「欸，小雛。」

話剛問出口，櫂人又閉上了嘴巴。小雛緊抱著他，就這樣微微發著抖。看樣子她連櫂人手上的傷都沒察覺到。略作思考後，他將手臂繞到小雛的背部。櫂人有如不要弄髒她的女傭服似的抓住自己的手臂，然後使勁。

（呃——以前，有親子像這樣在公園玩呢。）

櫂人呼的一聲，打算就這樣抱起小雛，但這是不可能的事。她的身體意外地重。不同於那副惹人憐愛的模樣，內在果然還是金屬。

沉默了數秒後，櫂人再次呼的一聲使出力氣。小雛不可思議地歪頭。

「那個，櫂人大人，打從剛才開始您就在做什麼呢？咦，血的味道……呀啊，櫂人大人受傷了！」

「那個沒關係啦，都已經是這樣了。小雛，稍微，像這樣，轉一下。」

「有關係！一點都不好，咦，是的，可是，轉一下？」

小雛配合櫂人傾斜身體的動作移動雙腳。兩人轉起圈子，他就這樣讓身軀更加傾斜，小雛也連忙移動腳步。

轉轉轉，轉轉轉，不久後兩人自然而然地開始在石板地上轉起圈子。小雛的女傭服裙襬輕飄飄地搖曳，翠綠色眼瞳雖然眨呀眨的，卻還是用力抱緊櫂人不讓兩人分開，配合他的帶領更加快速地移動腳步。回過神時，櫂人的身體已經因為離心力而浮起來了。

他被小雛撐著，抱起來轉著圈子。

「喂，小雛，相反了啦，相反了！明明是我要對妳這樣做耶！」

「咦？可是櫂人大人，恕我失禮，以您的臂力很難舉起機械人偶的身體。啊，不過這樣做非常開心呢，齒輪都輕飄飄了，呀！」

「哇！」

櫂人試圖挽回局面而放下腳，兩人也因此不小心倒了下去。小雛自行移動身體墊在他下方，一邊靈巧地做出護身倒法。

兩人就這樣在石地板上面滑行。

「抱、抱歉！小雛，妳沒事吧？」

「是的，沒事……不，甚至可以說……總覺得我好像占了便宜。」

小雛露出陶醉表情，連同豐滿胸部將櫂人緊緊擁住。他覺得這樣很不妙所以動了身軀，不能一直待在棉花糖般的柔軟感觸之中。

櫂人迅速脫身。他佯裝沒發現小雛臉上難分難捨的遺憾表情，直接倒在她身旁。地板雖然又硬又冷，兩人簡直像躺在草原上放鬆身軀般肩並肩躺著。

在灑落的橙色光輝中，櫂人喃喃低語。

「害怕的感覺不見了嗎？」

「……櫂人大人。」

「我啊，以前看過小孩在公園這樣玩。就是母親抱緊哭泣的小孩轉圈圈啊。」

「轉圈圈？」

「當時我不是很明白，搞不太懂自己在看什麼。不過如今我覺得那個就是這種時候該做的事，所以我試著做了。」

「…………」

「如果小雛這樣就能變得不害怕的話就太好了呢。」

「…………」

「小雛？妳有在聽嗎？這樣沒用嗎？」

「啊啊，真是的！好喜歡呀啊啊啊！」

小雛突然尖叫。在嚇一大跳的櫂人身邊，她遮住臉龐從他那邊滾至遠方。小雛就這樣「咚」一聲撞上大廳牆壁。

就在櫂人無言地感到傷腦筋時，她再次遮著臉龐就這樣滾了回來。

「歡、歡迎回來，雖然搞不太懂就是了。」

「櫂人大人讓偶更加、更加地喜翻您素要怎樣啊……真是的這樣倫家當然費粉頭大滴呀……啾啾偶……」

「小雛，妳話都說不好了喔。」

「喜翻喜翻到說不出花了啦……讓偶這樣吧……呼嘻嘻。」

小雛遮著臉龐縮成一團，忸忸怩怩地左右搖晃身軀。像這樣昏死了一會兒後，她突然停

止動作。

小雛縮成一團，喃喃低語。

「欸，櫂人大人，我有說過吧——有機會再說為何是您以及為什麼非您不可。」

「……嗯嗯，妳說過呢。」

「全部說完的話要花上一週。不過，就說說最一開始吧。在您啟動我，決定設定前……我處於素體狀態，卻還是可以認知外界。」

果然如此嗎——櫂人點點頭。那個狀態的她似乎能夠掌握外界發生了什麼事。她應該沒有啟動，不過從外面看確實不曉得誕生在齒輪之間的意識處於何種狀態。

「不過，雖然我能取得情報，卻沒有任何感覺，也沒有任何想法。誕生至這個世界，看著周遭之人被啟動，毫無感情服侍主人時我也沒有任何感想……您還記得弗拉德那邊的機械人偶女傭嗎？她們在啟動時並不具備從『親子』、『手足』、『主從』、『戀人』這四種關係中選擇其一的『初期設定』。她們是造出來當隨從用的存在……我則是『送禮用』。」

「……『送禮用』。」

「弗拉德送給客人的低級趣味禮物。不喜歡對方時，就會在沒告知『正確答案』的情況下贈送出去。對對方青眼有加時，就會作為賞玩用交給對方。順利被送出去的那些女孩下場很悲慘……我在他的宅邸曾經見過乳房被增加至五個，臉頰被弄上女性性器官，還以主人的戀人之姿露出微笑的人偶。」

「…………真是過分啊。」

「當時我也沒有任何想法。真的只是靜靜地『掌握』那些事實而已。不過，弗拉德與『拷問姬』之間的戰鬥開始，我沒被送給任何人，弗拉德為了不讓我擅自起動而將我固定住，就這樣把我丟在倉庫那邊。不過某天回過神時，我已經從城堡的倉庫那邊，真的很隨便地被轉移至伊莉莎白大人的寶物庫。從那天起我就一直待在那兒……經過了一段漫長的光陰。連為了不反抗命令而暫時指定的主人設定──就是弗拉德──都在不知不覺間過了更新期間，恢復到最初階段。就在我覺得已經不會有任何人過來這裡時，您過來了。」

「我嗎？」

「是您。」

小雛深深地點頭。她有如想起當時之事似的閉上眼瞼。

「我感受到您的體溫，也察覺到視線。不過，您並沒有無禮地打量我，也沒有檢查品質。只是問我要不要緊，試圖解開我的束縛。」

「那是……因為我誤以為妳是人類。」

「在我所知道的人類之中，沒有人會幫助受到拘束、連是誰都不曉得的女孩喔……初期啟動時，許多人偶心中都有著憤怒──平穩日子崩壞，被迫屈服的憤怒。沒受到任何命令的話，人偶就會帶著憤怒就這樣破壞眼前之物。我也沒有例外地襲擊了您。不過全身受到拘束，領悟到這下子束手無策時，我強烈地浮現『就是您了』的想法。」

櫂人回想當時的情況。人偶一邊被固定在「水刑椅」上面，一邊望向櫂人。她以懇求般的樣子，目不轉睛地用翠綠色眼瞳看著他。

「…………就是因為這樣，我體內初次萌發了強烈的衝動。您不是為了自己的私利而解放我，明明自己差點被殺，卻還是防止我被破壞。當時我心裡就想『就是您了』。想著『就是您了，您不一樣』。如果要侍奉，如果我要被賜予情感——那個人只會是您，不會是其他低劣之人。正式被您選為戀人後，我也不認為當時感受的強烈意念有誤。」

「……小雛。」

「容我表示傲慢的意見吧，『您是適合當吾愛的尊貴之人』。」

小雛睜開眼皮，將身體轉向旁邊。臉頰緊貼石板地面，她閃動著翠綠眼瞳與櫂人面對面。小雛將洋溢著愛情的視線望向他。

她伸出手，輕輕包覆住櫂人沾滿鮮血的那隻手掌。

「尊貴的您受到許多傷害，卻還是可以明白他人的痛苦。尊貴的您明明對許多事情都感到害怕，卻還是重視他人，試圖溫柔地對待別人。尊貴的您在深沉憤怒與絕望之間，培育出重視日常的心情。」

「…………」

「看到您明知世間的恐怖與瘋狂，卻還是保持著溫柔與溫和的身影……為何會有理由不覺得您很惹人憐愛呢？您雖然說自己無法給予我任何事物，只是一個普通人，不過並沒有這種事。我從您那邊得到了很多東西，真的是很多東西。得到了很多善良的事。」

淚水從小雛的翠綠眼眸的角落滾落。它融入夕陽之中，一邊發出閃亮的金色光輝一邊流向地板。她在石板地面上滴落淚珠，溫柔地微笑。

「您知道我每天做料理時有多開心嗎？知道我打掃宅邸、跟伊莉莎白大人一起歡笑、聽到她誇獎我的料理、跟您打招呼、跟您一起工作、向您訴說愛意有多幸福嗎？」

「小雛……我也很幸福。來到這裡前，我都不知道有這種時光。就算目睹惡魔的所作所為，就算被捲入淒慘的戰爭之中……即使如此，我確實很幸福。對我而言，有很多事物是來到這裡後才得到的。」

以小雛的話為契機，櫂人在心中描繪昔日的生活。那是只有痛苦跟絕望的日子。櫂人瘦到肋骨浮現出來，慘遭弄壞的身體躺在榻榻米上面每日呻吟，甚至沒力氣揮去停留在眼睛上面的蒼蠅。

小雛有如要安慰被留置在遠處的光陰似的，緩緩撩起他的瀏海輕撫額頭。她一邊流淚一邊微笑，那是溫柔又帶著溫暖肯定的笑容。

「……我們都一樣。欸，櫂人大人，您具有很了不起的價值。您那個就算在悲傷之中也沒有失去的溫柔，就像在泥巴裡的寶石一樣……對我來說，不愛您是不可能的事。我絕對不要失去您。」

小雛緊緊握住櫂人的手。他從那邊讀取到她的強烈情感。

「……小雛。」

櫂人不由分說地領悟到一件事。她察覺到了些「什麼」。雖然沒有掌握到細節，但小雛恐怕是察覺到他的想法跟意志了。

她撲簌簌地流著淚，一邊試圖阻止那件事。

「……櫂人大人，我不知道您有什麼想法。不過，不過，請務必……務必……」

小雛持續著沒有明確內容的懇求。櫂人一邊感受那隻手的溫暖，一邊閉上眼睛。他回想至今為止的一切。

伊莉莎白一邊哭泣一邊猛捶桌子說櫂人的料理很難吃。小雛用一臉困擾的笑容端出新的料理。伊莉莎白見狀大喜，好像連貓耳都要跑出來似的。小雛溫柔地守護著她這副模樣。

三人之間的對話。雖然處在周而復始的扭曲之中，卻確實存在著的平穩時光。

而且，那些事物馬上就要——全部喪失了。

跟至今為止被惡魔殺害、無力的人們的日子一樣，殘忍地——

「抱歉啊……只有這件事我無法退讓。」

喃喃低語後，櫂人睜開眼睛揮開小雛的手。她露出愕然表情。然而，櫂人立刻重新伸直雙臂。他維持躺著的姿勢，就這樣緊緊將小雛擁入懷中。

這是櫂人初次主動伸出手緊擁小雛。

血雖然滲進女傭服，他卻無視這件事。他將確切的力量灌入手臂中，有如對待妹妹、對待親生子女、對待戀人一般。

小雛滿臉通紅，嘴巴如同金魚般一張一闔。在她說些什麼之前，櫂人就低聲喃道：

「抱歉，小雛……就算妳如此一往情深，我可能也會變得不再是那個妳愛的我了。」

「櫂人大人，您在說——」

「拜託，現在靜靜地聽我說。我不能說出詳情，不過我或許會有所改變。即使如此，有一件事務必請妳相信。我只是想要守護日常生活而已。想守護我所愛著、而妳也愛著的日子。我已經厭倦無力的自己了，我想要守護妳跟伊莉莎白。不，我要守護妳們，就只是這樣。所以，如果我完全變了樣貌……而妳還是，如果——」

櫂人弄濕唇瓣。要將那句話說出口，對他而言會伴隨著強烈的恐懼感。至今為止，櫂人都是一個人活過來的。他真的不曉得這種事可不可以被容許，或許根本不該如此期望。雖然這樣想，他仍是將那句話擠出喉嚨。

「如果妳還是肯愛我，到時候請跟我一起戰鬥。」

「……櫂人大人。」

「妳曾說無論何時何地，自己都會挺身阻擋我的敵人。而且，妳也表示如果我心中有妳，就相信妳，命令妳守護我或是一起戰鬥……如果可以依賴妳，相信妳，我也會為了回應那股情感而竭盡全力…………如果我有所改變後，妳說那個我已經不值得妳愛的話，那就沒辦法了。只不過就算到了那個時候，也請妳務必不要忘記這句話。」

他一邊說著模糊的話語一邊在手臂上施力。櫂人無法說出細節，如果說出口，她就會拚了命地出手阻止櫂人吧。就是因為這樣，他才藏起自己的所有想法，有如要告知發自內心的心意似的緊擁她。

「我最喜歡妳了，這件事請妳不要懷疑。」

「櫂人大人。」

「最喜歡妳了喔，小雛……啊啊，是呢。所謂的最喜歡就是指這個啊。」

櫂人如此露出傻笑，也將下巴放到小雛的肩膀上，眼角自然而然掉落淚珠。他有些開心，又悲傷地說道：

「沒想到居然是在死掉後才有了喜歡的人啊。」

小雛無言地顫抖身軀，也緊緊地回擁他。

她用簡直像是結婚典禮誓約般的語調，溫柔地低喃：

「無論您變成怎樣的人，櫂人大人都是吾愛，吾之戀情，吾之命運，吾之主君，真實的戀人，永遠的伴侶。小雛無論何時都會是您的，無論是怎樣的命運都無所謂……您戰鬥之時，請務必呼喚我小雛。我會陪您到地獄深淵。」

「……謝謝妳，小雛。」

兩人默默地在石板地上互擁。
無比安靜的時光就這樣流逝。

夕陽消失，金色光輝漸漸被夜晚的黑暗吞噬。風帶著寒氣，銳利月亮升上天空。不久後櫂人緩緩起身，從她那邊移走身軀邁開步伐。
他沒回頭望向後方，小雛也宛如有所領悟似的沒出聲阻止。
櫂人獨自離開王座大廳。他走下樓梯，在走廊上奔馳。
抵達寢室的門扉前方後，櫂人猶豫了一下要不要敲門，接著微微打開門扉。從裡面傳出兩道睡著的鼻息。確認完這件事後，他沒發出聲音地滑進室內。
看樣子「肉販」似乎也睡著了。不知為何，仍是看不見藏在布片下面的臉龐，卻能透過縫隙知道口水流到了床單上。櫂人抬起「肉販」的臉龐，替他拭去濕黏唾液。他口齒不清地喃喃說著些什麼。
「唔嘿嘿嘿，我已經吃不下嘍。哎呀，既然您都說成這樣了，就再來三個水果塔吧。」
「你真的膽子很大啊。」
感慨良多地低喃後，櫂人將視線移至伊莉莎白那邊。在月光的照耀下，那張臉龐美麗到不像是世間之物。眺望了一陣子這張完美的美貌後，他低聲囁語。

「妳會生氣的吧。不過，我已經決定了喔，伊莉莎白。」

「…………」

「掰嘍，等妳清醒後，我再做布丁給妳吃啊。」

沒有回應，伊莉莎白簡直像是死掉般依舊沉眠著。櫂人將手伸出觸碰她的臉頰，卻中途停止緊緊握住手掌。

他輕輕揮了揮手代替這個舉動，然後不發出腳步聲地離開寢室。

「——晚安，伊莉莎白。」

沒錯。有如在呼喚孩子如此輕聲低喃後，他關上門扉。一邊沐浴在從天窗灑落的光線中，一邊深深地吸氣，然後吐氣。

他走在走廊上，接著走下通往地底的階梯。

抵達地下通道後，他攤開腦內的地圖，在錯綜複雜的通道中不斷深入深處。打開位於記憶範圍最深處那個空無一物的房間的門扉後，櫂人將手伸進口袋。

他用滿是鮮血的手抓出透明的石頭。

蒼藍薔薇已經盛開怒放至完美的地步了。

石頭突然帶有燒灼肌膚的熱度，黑色羽毛在櫂人眼前亂舞。蒼藍花瓣也隨之起舞，一同塞滿房間。兩個顏色以壓倒性的質量壓扁他的視野。

某處傳來野獸的腥臭味。現場捲起異樣的風，將羽毛與花吞進黑暗裡。

之後出現了一個男人。

男人坐在用獸骨組裝起來的椅子上，知悉一切似的囁語。

「嗨，決定了嗎？」

「嗯嗯，決定了啊。」

簡直像是關係親密，兩人交換了簡單扼要的話語。

然後，瀨名櫂人對弗拉德·雷·法紐如此告知。

「讓我跟『皇帝』訂下契約吧。」

這句話實在是魯莽又愚蠢。

也是他推導出來唯一能打破僵局的策略。

Vlad Le Fanu

弗拉德・雷・法紐

「拷問姬」的製造者，自稱伊莉莎白的父親。雖然與巨大黑犬「皇帝」締結契約，卻沒有進行融合，依舊保有自身的肉體。

5
絕望的決定
fremdtorturchen

權人與弗拉德靜靜地交換視線。弗拉德臉上洋溢著真的很開心的表情，緩緩瞇起紅眼，微微點頭站起身軀。

弗拉德彈響手指，用獸骨造出來的椅子消失了。石頭打造的室內變得空無一物。他確認般從頭到腳打量權人的身影。

弗拉德忽然扭曲美麗臉龐，浮現邪惡笑容。

『原來如此，真棒啊。意思是說你終於也做出覺悟，站到剝奪者這一邊了嗎？』

「不，完全不是，連一點點都沒有。」

權人若無其事地答道，弗拉德眉毛倏地一挑。

現場沉默了數秒鐘。

弗拉德隱約浮現的表情就好像在說「這跟我料想的不同耶」。然而，權人卻坦然地接受了那道視線。弗拉德雙手環胸，發出不悅的聲音。

『最初的試練你已經合格了。恭喜，你已經不是【肉屑】，而是被【皇帝】認知為契約者候選人。我雖然有說是試用，不過當時其實也很有可能被咬死呢。畢竟他是試過一千人，就咬死一千人的野獸。雖然你如我所料被他看上，我也很高興就是了。』

「嗯嗯，我隱約感覺得出來啊。如果你提出安全的契約我才會吃驚。」

『不過，你說自己希望訂下契約，卻又不打算站到剝奪者這一邊。這究竟在想什麼呢？如果只是半吊子的欲望，沒多久就會被欲望本身吞噬吧。不將自己理所當然地當暴君的【資格】高舉在胸前，就連締結契約的可能性都很低。』

「哎，我想也是啊。不過我與惡魔締結契約後，並不打算虐待人類。這件事我絕對敬謝不敏。」

櫂人頑固地搖頭。那是跟生前不斷虐待自己的父親一樣墜入相同立場的行為，而且櫂人也無意跟吃掉諾耶的蜘蛛相提並論。即使一時站到折磨其他人類的那一方，也是因為他渴望復仇。然而，如今櫂人已斬斷自己對父親的咒縛，所以他心中已經不存在這個選項了。櫂人本人無意容許虐待他人的行為。

這番話語令弗拉德皺眉。

『惡魔尋求人的痛苦，並且還原成力量。你連從他人身上奪取痛苦的意願都沒有，打算要怎麼跟【大王】戰鬥呢？只是締結契約──你依然是拖油瓶。你認為連手都不弄髒，就有辦法對敵對的惡魔扔石頭嗎？』

「嗯嗯，沒錯。所以我有一個想法──肯聽嗎？」

然後，櫂人開始對弗拉德述說自己思考的方法。

弗拉德默默地聽他說話，不久後愉快地扭曲脣瓣，有如感到無言似的仰望天花板。那對眼眸中浮現出像在說雖然不愉快卻非常有趣的複雜光輝。

全部說完後，櫂人請求弗拉德判斷是否可行。

「──我是這樣想的，有可能嗎？」

『可能是可能──不過，單單就這個想法來看就很瘋狂了。我壓根兒就想不到你是如此超乎想像的聰明愚者。真的，真的是很愚蠢，反而令我敬佩啊。』

弗拉德滑順地撫摸自己的下巴。他用紅眼打量般看著櫂人。

他靜靜地回望弗拉德。在那對眼瞳中看到不是怪誕念頭──因此甚至有著瘋狂氣息──的堅強意志後，弗拉德開了口。

『可以問一件事嗎？』

「嗯嗯──怎麼了？」

『為何要做到這種地步？』

這是一個單純又明快的問題。櫂人微微地歪頭沉思。

弗拉德豎起食指，重複理所當然的疑問。

『只要你想逃走，就能帶著大量財寶逃亡。而且還附帶著擔任護衛跟伴侶的人偶。人的一生很短暫，要渡過舒適的逃亡生活應該是綽綽有餘吧。就某種意義而論，伊莉莎白是自作自受。因為化身為【拷問姬】又跟惡魔戰鬥，會被人抓住也是理所當然的下場啊。惡魔殘酷的所作所為，跟本來是異世界人的你毫無關係——然而，為何你要，做到這個地步？』

「因為那傢伙，是我的HERO。」

櫂人斬釘截鐵地回答自己以前找到的答案。弗拉德不懂HERO這個單字的意思吧。即使如此，他還是沒試圖要求解釋。

因為櫂人臉上就是洋溢著這麼多一看就懂的憧憬。

櫂人也同時理解了某個事實。伊莉莎白之所以拯救他，只不過是一時興起的任性罷了。櫂人曾對此感到不公平，甚至想要再死一次。所以他才會告知她如果自己有危險就會逃去教會那邊，不想跟她一起下地獄。

不過，即使如此——

伊莉莎白還是胡亂地引發了令人憐愛的奇蹟。

甚至足以讓人認為沒有英雄的世界裡有英雄存在。

足以讓人感覺沒有神的世界裡有神存在。

「如果是為了那傢伙，我就算下場比死還要慘都沒關係。就只是這樣而已。」

將新生活賜予只知恐懼跟痛苦之身的行為，就是具有這種價值。櫂人有他想要做的事，這也是為了讓賜予這種日子的人活下去。

「為了我，伊莉莎白・雷・法紐必須存在於這個世界上。我是這樣決定的。」

伊莉莎白・雷・法紐腥風血雨的生涯中，總是有一名愚鈍的隨從。

櫂人應承了會被如此傳述的生活方式，他不能背叛這個約定。

「我不會後悔——不管多後悔，現在的我都不會認可那個後悔。」

『因憧憬而毀滅自身，因希望而走進黑暗，為戰鬥而選擇痛苦嗎？真是生澀啊。』

弗拉德唉的一聲吐了一大口氣。他感嘆般搖搖頭，然後蓋住臉龐。雙目在那些指縫中發出光輝，弗拉德露出脣瓣都要裂開般的醜惡笑容。

『真的是，我所中意的傲慢。』

啪——弗拉德高聲拍響手掌。

他四周刮起有著野獸腥味的狂風，某處傳來數千隻野獸的吼叫聲。那道聲音時而高亢時而低鳴，宛如樂團般開始演奏起旋律。

弗拉德的手中間爆發出蒼藍花瓣與黑暗。那隻手掌裂了開來，大量鮮血啪噠啪噠地滴落至地板。櫂人瞇起雙眼，確認鮮血的真面目。那並不是真正的血液，而是弗拉德從石頭中滲出的魔力。它簡直像是生物般爬至他腳邊，開始描繪複雜的召喚陣。在手掌上受到深可見骨的傷口，弗拉德哄笑。

『好吧，吾之後繼者（My Dear）！你那悲壯的覺悟！愚蠢的決心！瘋狂的判斷！就讓我見識見識能持續至何時吧！我已是死亡之身！就讓我賭看看你是會貫徹自我，還是會墮落成為吾之後繼者吧！哎呀呀，不論是變成哪一邊都很有趣！』

紅色瞬間變色，化為蒼藍火焰熊熊燃燒。召喚陣的文字相互融合，在地板上描繪從圓形中央伸出的兩根長針與短針。然而，兩根針尚未重疊。

弗拉德將滿是鮮血的手伸向櫂人。他以邀舞的輕快語調說道：

『來吧，黑暗魔術伴隨著痛苦，惡魔之力渴求痛苦！讓我見識你的覺悟吧！』

櫂人輕輕抬起滿是鮮血的手掌。

在那瞬間，他眼前閃現不久前的光景。

小雛包覆住櫂人受傷的手掌，一邊流淚一邊微笑。

他一度緊握手心，接著張開，喃喃低語。

「抱歉啊——小雛。」

他把手掌放上弗拉德的手。

那隻左手——從手腕處被整個切了下來。

截斷面噴出大量鮮血。弗拉開心地笑了，權人咬牙忍住慘叫聲。

灑落在召喚陣上的鮮血，將新的力量吹進魔術文字之中。時鐘的長針跟短針發出聲音重疊在一起，野獸們的吼叫聲變高亢了。

某處傳來開門聲。

不能造訪人世之物的監牢之鎖暫時被解開。一隻罕見獵犬在牠一度走過的道路上奔馳，一邊被這世上所有野獸讚頌一邊衝過來。

充滿力量的腳步聲敲擊權人的耳朵，潮濕氣息輕撫鼻子。

弗拉德放開權人的手腕。它消失在從召喚陣中出現的獸嘴裡面。最頂級的獵犬讓烏黑亮麗的毛皮發出光輝，彈性十足地讓身體躍至空中。

類似人類笑聲的叫聲響起。

咕嘻嘿嘿嘿嘿嘿嘿嘿嘿，呼咻嘿嘿嘿嘿嘿嘿嘿嘿嘿，咕嘻嘿嘿嘿嘿嘿嘿嘿嘿！

那個聲音與人聲疊合傳入耳中。

『弗拉德啊啊啊！』

現場充斥著「皇帝」憤怒的咆哮聲。

獵犬在眼睛與嘴裡燃燒地獄業火，毫不猶豫地朝弗拉德・雷・法紐張開下顎。那些獠牙殘酷地貫穿他的身體。然而弗拉德卻依舊站著，若無其事地聳聳肩。

『抱歉啊，我早就沒有實體了喔。【皇帝】啊，你應該也知道這副軀體只是幻影吧？唔——這樣一想，死掉似乎也不壞嘛。』

『死在跟吾毫不相關的地方，區區肉屑少在那邊開玩笑。你用難看的死狀，在吾【皇帝】的臉上、獵犬的驕傲上塗了泥巴。以為吾會赦免你嗎，弗拉德啊？以為自己能得到赦免嗎，弗拉德啊？【在腦袋裡飼養地獄的男人】啊，吾也認同你拒絕與吾融合的辯解，因為吾也不想淪落為人這種脆弱的生物啊。然而，傲慢的魔術師——你卻以那種死法示眾，給吾知恥一點吧！』

『就算回顧過去也沒用。而且，這些話可以對之前的【我】說嗎？現在的我雖然可以謝罪，但可不想負起這個責任喔。』

「呃，喂……弗拉德。」

『怎麼了，吾之後繼者啊？』

「『皇帝』會說話呀？」

櫂人一邊吃驚地說不出話，一邊如此詢問。以前在他耳中，那些聲音聽起來只像是類似人類哄笑的叫聲。他沒想到惡魔居然能使用人類的語言，然而仔細聽的話，那些話語實際上也沒有傳至耳中。

「皇帝」的聲音只有響在權人的腦袋裡。

『嗯嗯，他會說話。與其這樣講，不如說是直接將話語傳至契約者的腦袋裡比較合適吧。除了他以外，【大王】、【王】、【大君主】、【君主】也會使用人類的語言。哎，【君主】很可疑就是了啊。』

「真吃驚……『惡魔』跟人類的思維也很接近嗎？」

『不，在召喚前，存在於高次元的惡魔沒有跟人類一樣的思維，不會使用語言，也不具備感覺。高位惡魔現世時會反映召喚者，主動將【純粹邪惡的魂魄】墮落為可以進行溝通之物啊。不然的話，人類甚至無法理解他們的存在。』

「……意思是以召喚者作為參考對象，改造自身的存在嗎？」

『沒錯，所以現在的【皇帝】也大幅受到我這個召喚者的影響，變成了這種存在。他的這種高傲，哎，也是因為這樣吧。如果是其他沒被召喚到的惡魔——足以與神相提並論的力量擁有者——或許就事先具備著用不著降低自身位階，也能強制讓世上所有生物理解他們的傲慢叡智……不過能召喚他們的人類，在之後的兩千年內——喔喔。』

就在此時，「皇帝」的顎部再次整塊挖走弗拉德的身體。他的幻影瞬間搖晃，卻又立刻復原。弗拉德聳了聳肩，但獵犬的攻擊卻仍然沒有平息。

看樣子「皇帝」似乎身處激烈的憤怒漩渦之中。

『可以饒了我沒？雖然我的死會使你的力量受到懷疑，也跟現在的我沒什麼關係……喔喔，火上加油了嗎？』

「皇帝」的獠牙不斷襲向弗拉德，櫂人遙想弗拉德跟「皇帝」的敗北。

「皇帝」擁有足以壓制伊莉莎白與小雛的力量，然而由於契約者弗拉德死亡，他失去了留存於現世的附身物，慘遭拖下水一同被消滅了。弗拉德曾云「他也有身為最頂級獵犬的尊嚴」，所以弗拉德變成是以自身之死愚弄了「皇帝」吧。

『不可原諒不可原諒不可原諒不可原諒，不可原諒啊，脆弱的生物！不可原諒啊，弗拉德！』

「皇帝」正在暴怒。然而，他會使用人類語言之事已得到證實，櫂人的緊張感也因此略為緩解。雖然對方是惡魔，卻不是完全意志無法溝通的對象。

就在此時，「皇帝」抬起頭望向櫂人，就像讀取到他的心意似的。存在次元與其他醜惡的異貌惡魔截然不同的生物，用視線貫穿了他。

濃厚的「死亡」氣息令櫂人感到內臟發冷。

「皇帝」瞇起雙眼，用低沉聲音囁語。

『以前吾曾讓他握住尾巴的人嗎？那副軀體是假貨啊，血是魔女之物，心則是人嗎？靈魂是碎屑——不過，有趣，有趣。有著扭曲的形狀。很好，不賴，很好。』

『是吧，【皇帝】？你喜歡吃怪東西，所以我覺得你會中意他。』

弗拉德歌唱般發出喜悅的聲音。他走過黑犬身邊，親暱地將幻影之手放在櫂人的肩膀上。弗拉德優雅地比向櫂人，然後催促「皇帝」。

『那麼，就來進行【試煉儀式】吧。』

黑犬沒有回應這句話，他無言地發出輕哼聲。

在下個瞬間，「皇帝」用可以說是美麗的簡潔動作逼向櫂人。蒼藍火焰充滿室內，然而跟普通狗兒相似到驚人的腥臭口腔卻露了出來。

（————咦？）

下個瞬間，櫂人的身體被黑犬用顎部殘酷地咬碎了。

＊＊＊

痛。

非常痛。

這件事占滿櫂人的思緒，他的下半身被黑犬的獠牙撕咬成碎片。

在頭頂上方，弗拉德用困惑語調說著些什麼。

『哎呀，真頭痛耶。你不喜歡嗎？就算這樣好了，突然這樣做還真是殘忍呢……真是的，想不到在正式開始前就迎接了這種結局，真是令人失望啊。』

權人在他腳邊抽搐。每抽動一次，破損的腸子就會掉出穢物，與鮮血一同擴散在地板上。本來這已是足以讓靈魂脫離肉體的出血量了，不過可能是因為正在召喚「皇帝」，他做為媒介的靈魂被黑犬的毛纏住，持續留存在體內。

權人被放到生與死之間這種不上不下的位置上，這種恐懼感令他想要大叫。然而空氣卻老是從腹部那邊跑掉，根本發不出聲音。

「啊——……啊——……嗚——……」

『哎，沒辦法了。這也可以說是很適當的落幕時機吧。在賭博裡有贏的時候，也有不爽輸掉的時候。他的運氣跟實力都不夠，就只是這樣罷了啊。』

弗拉德裝模作樣地聳聳肩，那副身軀從腳尖開始變成黑色羽毛跟蒼藍花瓣。他似乎早早放棄靠權人的魔力停留在現世的希望了。判斷得依舊很乾脆。等一下——權人還來不及出聲阻止，弗拉德就消失了。

黑犬也跟著轉過尾巴，奔回他自己前來此處的道路。留住權人靈魂的邪惡魔力，有如解開纏住的毛般流暢地離去。

他的靈魂與血液一同脫離軀體。

在那瞬間，有如代替走馬燈般，強烈的未來幻視襲向權人。

（等一下小雛會發現我的屍體吧。）

就伊莉莎白現在的魔力量而論，是不可能再次召喚櫂人的靈魂。小雛會為了讓櫂人再多等一會兒而致歉，接著幫助伊莉莎白，以「侯爵」跟「大侯爵」為對手戰鬥，然後遭到破壞吧。「拷問姬」也會被「大王」賜予這世上所有的痛苦，一邊被殘虐無比地殺害。

她會一個人孤獨地死去。

然後，只有人世會繼續運作下去吧。在神之名義下天下太平。

（──這樣是不行的，只有這個不行。我……！）

不願什麼都做不到就這樣死去。如此一來，什麼也無法回報給那兩人。

過度的絕望令櫂人慟哭，昏死過去。

在那瞬間，他體內的血液發出異常熱度。他全身發燙，就像化為火焰似的。簡直像是某種魔術擅自發動一樣。

在這股感覺擺弄之際，櫂人的視野關閉了。

在濃密的黑暗中，只有體內的熱──不愉快的痛楚──被殘留下來。

回過神時，他躺在潮濕的榻榻米上面。

（──呃，咦？）

蒼蠅發出嗡嗡嗡嗡的聲音，從眼球上面飛了起來。

櫂人環視四周，有點髒的日光燈在天花板震動著。有著裂痕的窗子上貼了膠帶，小茶几下方滾落自己被拔下的牙齒。纏在根部的牙齦顏色還很新鮮。

接著，櫂人望向自己的身體。T恤貼在瘦巴巴的軀體上，因為汗漬跟嘔吐物而變硬。右臂被一寸寸割開的小裂傷覆蓋，染上紅黑色的左臂無法動彈，腳踝也被折斷彎向奇怪的方向。至於傳出沉重痛苦的腹部那邊，或許內臟破裂了。

（這裡是……我在日本死掉時所待的房間嗎……我該不會是做了什麼吧？）

沒錯——櫂人歪頭沉思。絕望與後悔襲向心頭時，他全身的血液有如燃燒般發出熱度。只能認為他無意識地發動了某種魔術。

（我該不會是回溯了時間吧？）

櫂人從現在的光景，與全身發出的令人懷念的痛楚做出這種推測。靈魂沒有什麼時間的概念，只有存活於現實中的身體會受到拘束。難道不是靈魂正要脫離伊莉莎白製造的人造人時，燃燒殘留在血液裡的所有魔力倒轉了時間嗎？

櫂人用因痛楚和營養不良而混濁的腦袋如此做出結論。

「既然如此……要趕快才行啊。」

喃喃低語後，他勉強移動身軀。這副身體沒有一處是完好的，幾乎是皮包骨的身軀光是呼吸就會發出疼痛的壓輾聲。可能是發生脫水症狀了，痙攣也沒有停止。然而這種事已經無所謂了，櫂人扭動著化為苦痛聚合體的全身。

他必須盡快返回異世界。

（如此一來，我就能幫助那兩人。這次我必須做到自己能做到的事。）

櫂人拖著骨折的腿前進。他從小茶几上面抬起堆滿菸屁股的沉重——前幾天才擊碎自己臉頰的——菸灰缸。

雖然肩膀好像快要脫臼，櫂人仍是將它仍向窗戶。

剛好有裂痕的玻璃，發出沉重聲音破裂了。

「咕呃，咳，咳咳！」

硬是移動身軀的衝擊讓櫂人當場反胃嘔吐，不過幾乎沒有內容物。空蕩蕩的胃部產生痙攣，這種不舒服的感覺令眼睛滲出淚。然而，他還是憑藉著一股氣力向前爬行。

父親馬上就要回來了，到晚上他就會勒斃櫂人吧。不過等不到那個時候了，要快點完事才行。

「快點，快點，要快點過去才行……快點。」

櫂人用發抖的手指抓住大片的玻璃。手掌被割破了，然而他並不覺得特別痛。

伊莉莎白跟小雛淒慘地死掉要可怕多了。更重要的是，他不想長時間待在離兩人這麼遠的地方。

（就算還是一樣什麼都做不到，我也想待在她們身邊。）

伊莉莎白是他的憧憬，小雛是他喜歡的人。

兩人都是死後才能夠邂逅的存在。

在這個世界裡，沒有任何人會帶著親愛之情呼喚他的名字。

就在此時，傳出玄關門扉開啟的聲音。也許是因為櫂人打破玻璃，他回來得比平常還早。父親在走廊上發出劇烈的聲音衝向這邊。他打開紙門準備大吼——或許是眼前的光景過於出乎意料——卻少見地張大嘴露出吃驚表情。

「櫂人，你在幹嘛？」

「————脫離這裡，前往異世界啊。」

簡潔地如此回應後，櫂人用玻璃片抵住自己的脖子。

他一口氣切斷頸動脈。鮮血噴出，將天花板弄濕成紅色。

在體溫不斷脫離身體的寒冷感覺中——跟至今為止那種帶有熱度的失血實在差距太大的失落感中——櫂人此時終於想到了某個可能性。

（咦？該不會————至今為止的事情都是夢吧？）

就在此時，他的思緒中斷了。

瀨名櫂人結束了只有一次的人生。

通常被殘忍殘酷又淒慘可悲、有如蟲子般被無意義地殺掉的人，不可能得到第二次的生命。只要死亡，不管是誰都能前往心中所想的那個世界——這種事根本就是無稽之談。

也就是說，結論很簡單。不會發生什麼奇蹟。

就只是這樣而已。

＊＊＊

回過神時，權人飄浮在黑暗之中。

他沒有身體，只有意識存在。然而權人究竟能不能說是「存在」，他自己也不曉得。

雖然說我思故我在，不過在觸覺跟視覺還有聽覺都失去意義的空間內，光靠自我意識很難證明自身的存在。這裡沒有觀察他，接觸他，做出定義的存在。他也沒有東西可以用來確認自身的感覺。

而且，這是極為殘酷的事。

（我究竟在這裡待了多久？）

權人如此思考，連時間的流逝都變模糊了。明明連大腦都沒有，為何意識沒有消失呢？

這件事對櫂人來說很不可思議。他只是隨波逐流順應自然地存在著。

（這裡恐怕就是所謂的死後世界吧。）

櫂人也知道天堂跟地獄的概念。伊莉莎白跟自己要去的地方恐怕是後者吧——他如此判斷。然而他連想都沒想過實際上會是這種地方。

人類尚未得到關於死後世界的情報，所以這當然也可以說是理所當然之事。

而且在這片黑暗中最難受的就是，連作為依靠的記憶都變得不清楚了。

在一切都變得模糊的場所中，唯一可以依賴的就只有自身的意識跟記憶。然而對櫂人來說，甚至連它們都無法相信。

（跟伊莉莎白她們一同生活過的異世界記憶，到底是不是真的呢？）

或者說那只是櫂人為了逃避痛苦而製造出來的虛構記憶？

事到如今，也沒有任何事物可以用來證實這件事了。或許那只是感覺很真實的白日夢。

從櫂人像這樣被囚禁於死後世界的事實判斷，這種可能性還比較高吧。

櫂人沉溺於虛構之中，最後失去與現實之間的界線，甚至還自殺。

如果這是真的，那瀨名櫂人的人生就會是連一丁點的救贖都沒有了。

沒有比這還要悲傷的事情吧。

不久後，連像這樣絕望的時間都過去了。

在無窮無盡的黑暗中，櫂人深深地、深深地沉入自我之中。他找尋可以成為救贖之物，翻找自身記憶進行確認。不久後，他從瀕臨發狂的苦惱──達到了那個境界。

不知為何，他猛烈地生起氣來。

（給我等一下喔。不，就算那個世界是假貨──）

其中真的沒有意義嗎？

在櫂人十七年的歲月裡，果然只有那個世界的記憶伴隨著鮮艷的色彩。

櫂人在那個地方──即使它只是虛構──累積了種種經驗，而且櫂人心中確實產生了某種變化。

甚至足以像現在這樣，對過分不公平的情況感到憤怒。

（我在這邊不斷後悔哭泣就好了嗎？我的人生只是一事無成嗎？話說回來，真的全部都回歸原點了嗎？）

黑暗之中，櫂人有如以猛烈勁道旋轉齒輪般，持續運作不存在的腦袋。恐怖駭人，卻也含有一匙美麗光輝的異世界記憶──它刺激著櫂人的精神。他果然無法認為那是毫無意義的記憶。

（這個狀況實在是做得太過火了——它試圖讓我認為那是夢或是虛構，只是子虛烏有之事吧？）

沒錯，「這種狀況」實在是安排得太完美了。有如不斷低聲囁語說「這是你的夢」、「絕望吧」的發展，開始讓櫂人覺得不太自然。

（沒錯，我有一種別人叫我「後悔吧」的感覺。）

哭著過活吧，待在無止盡的絕望中吧——像是有人在這樣說似的。然而，櫂人可不想這樣。

當初，他確實是一直絕望著。

櫂人在瀕臨發狂前的苦惱中渡過了數小時，好幾年——搞不好是百年之間。然而，他漸漸冷靜了下來。

就算那個世界是謊言。

『無論您變成怎樣的人，櫂人大人都是吾愛，吾之戀情，吾之命運，吾之主君，真實的戀人，永遠的伴侶。小雛永遠是您的人。』

『你這個，蠢貨……真是愚蠢……好不容易才獲得第二次的生命……快點，停手吧，已經……可以了——已經，足夠了。』

在那個世界裡得到的記憶果然很美麗，那些經驗是貨真價實之物。

就算那是假貨，也真的有人思念著權人。

在沒有HERO也沒有神明的世界裡，他變得能相信一個女人也是事實。

（所以沒必要悲嘆不是嗎？搞不好——如果這是某人所設計——也沒時間哭泣了，不是嗎？）

在黑暗之中，權人一而再、再而三地感到不太對勁。

這個地方實在是太恐怖了。也可以說是將權人最恐懼的狀況——他沒有前往異世界，而是在慘遭虐待之後殘酷地死去——加以實體化。黑暗默不作聲，無止無境地斷定他重要的記憶毫無意義，強迫他受苦。

有什麼地方不對勁，所以要確認才行。

他沒有用來邁出步伐的腳，也沒有身體跟靈魂——即使如此。

（就算這不是由某人所設計也一樣。）

只要不放棄，總有一天能夠確認什麼才是真實的吧。

因為權人就在這裡。

一連串的思維可說是亂七八糟，完全不合乎邏輯。權人自己也理解這件事，但他還是如此做出結論。同時，他緩緩「開了口」。

「就算是虛構也行，這就是我的結論。我會不斷試圖查明這股不對勁的原因。只要這個記憶存在——我就不會喪失自我，也不會放棄吧。」

應該不存在的唇瓣發出聲音。而且一意識到這件事後，他感到了明確的存在感。就像大霧散去般，櫂人全身的感覺漸漸變敏銳。

眼前存在著某物。

櫂人向那個存在坦白自己的想法。

「欸，可以『停止了嗎』？就算繼續下去也一樣。接下來不管經過多久，『我都會懷疑有你介入喔』。」

櫂人全身瞬間竄過激烈痛楚。懷念的感覺形成他的輪廓，將他束縛住。

回過神時，櫂人全身插上了大量狀似犬牙的楔子。鎖鍊從那邊伸出，將他全身固定住。櫂人被千條鎖鍊貫穿身軀，飄浮在半空中。

只要移動腳，就算只走一步，身體也會裂開流出血吧。

然後，他前方站了一名少年。

紅髮少年目不轉睛地凝視櫂人。他瞪著櫂人，有如在問「這樣好嗎」，有如在責難「這是不對的」似的。

類似暈眩的感覺瞬間襲擊櫂人。

這名少年真的存在嗎？會希望自己幸福嗎？

至今還是無法確定。即使如此，櫂人還是朝他露出微笑。

「沒事的，諾耶。我只是想要守護自己想守護的東西。」

櫂人移動身軀。鎖鍊發出喀啦聲響，鮮血從全身滴落。楔子深深陷入，血肉裂開。櫂人一邊撕裂手臂，一邊朝前方伸出手。一邊切斷腳，一邊邁開步伐。

然後他用真的很開朗──實在是過於瘋狂──的聲音做出約定。

「我也一定會遵守和你之間的約定喔。」

櫂人一邊撕裂自己的身體，一邊朝希望伸出手。

就這樣，他在黑暗之中用力抓住黑犬的尾巴。

＊＊＊

咕嘻嘿嘿嘿嘿嘿嘿嘿嘿，呼咻嘿嘿嘿嘿嘿嘿嘿嘿嘿嘿，咕嘻嘿嘿嘿嘿嘿嘿嘿嘿。

『很好，很好很好很好很好，很好！吾很中意你喔！盲目地相信希望，還有那股瘋狂！那種異常熟悉痛楚的方式！不斷被毆打，被扭曲變形，卻依舊清澈的玻璃珠啊！很好！你的器量足以取悅吾【皇帝】！』

蒼藍火焰轟的一聲燃起，黑犬用彈性十足的腳敲擊石板地。他每彈跳一次，野獸腥味就會飄散，房間也會搖晃。弗拉德雙眼發亮，長大衣與頭髮隨著風壓擺動，一邊發出笑聲。回過神時，櫂人站在地下通道內的一個房間裡。他的左臂沒有手腕，全身沾滿鮮血。即使如此，他還是有如瞪視敵人般，將激烈的眼神望向「皇帝」。地板上的召喚陣發出蒼藍光輝。蒼藍花瓣與黑色羽毛用力地撒布在半空中，就像在祝福似的。在無數野獸宛如讚美歌的咆哮中，「皇帝」做出宣言。

『從今日起，你就是吾主！瀨名櫂人！【十七年來的痛苦累積】啊！』

就在此時——一切都平息了下來。

房間裡面的所有事物突然消失，「皇帝」跟弗拉德，以及有如發狂般跳著舞的羽毛跟花瓣都消失了。

之後只剩下櫂人一人。

室內的模樣跟進入這裡時如出一轍，他茫然地環視石壁。

這一切簡直像是惡夢。

（不過，不是夢。）

他輕輕抬起左臂。被切斷的那邊——裝著一隻漆黑色的獸手。

櫂人在脣瓣上微微綻放笑容。他閉起眼睛，衡量自己體內的魔力量。

惡魔之力在心臟深處呼吸著。然而，他似乎還無法隨心所欲地運用這股力量。至今為止所得到的痛苦總量絕對性地不足。

（——接下來要怎麼辦呢？）

櫂人再次研究最初跟弗拉德說的那個計畫。

而且，就在他想到了那個主意時。

門扉搖晃，有人在外面大叫。

槍斧利刃忽然擊裂厚實門板。門扉遭到破壞，木片被轟飛。

小雛站在另一側。是聽到櫂人的叫聲或是「皇帝」的吼聲，還是某種聲音吧。她用急迫的模樣叫道：

「櫂人大人，您沒事——」

「小雛。」

櫂人短短地呼喚名字。在那個瞬間，小雛瞪大眼睛啞口無言。她目不轉睛地凝視櫂人，確認他的左手腕後，只是有如領悟某事似的微微扭曲臉龐。

櫂人朝她微笑。

（……好懷念這張臉。）

那是相當相當懷念，惹人憐愛的身影。櫂人灌注全方面的信賴與親愛之情，像是要將小雛的身影烙印在眼底那般眺望她。然後，他緩緩開口。

『如果妳還是肯愛我，到時候請跟我一起戰鬥。』

『妳曾說無論何時何地都會挺身阻擋我的敵人。如果妳肯為我這樣做，如果可以依賴妳、相信妳，我也會為了回應這份情感而竭盡全力……如果我有所改變後，妳說那個我已經不值得妳愛，那就沒辦法了。只不過就算到了那個時候，也請妳務必不要忘記這句話。』

『我最喜歡妳了，小雛……啊啊，所謂的最喜歡就是指這個啊。』

他跟翠綠色眼眸視線交會，向曾經表白過愛意的女性，向曾經問過「肯一起戰鬥嗎」的人——對自己點頭的永恆伴侶——說出那句話。

「小雛，妳肯為了我而死嗎？」

小雛目不轉睛地望著櫂人。那張臉龐緩緩地動了。她浮現毫無虛假，寄宿由衷喜悅的溫暖微笑。

「是的，我很樂意。」

小雛如此回答後，單膝跪地。

櫂人只是靜靜點頭回應這句話。

6
新娘的死鬥
fremdtorturchen

在伊莉莎白城堡的某座深山裡，有一排充滿威儀、看起來像是送葬隊伍的行列，擊打樹木揮去樹根地前進著。用鐵絲捆住的肉所打造的使魔們，用它們不知疲累的手臂揮動斧頭開闢道路，以便讓自己的主人可以毫無憂慮地通行。

累積百年歲月的樹木們，被汙穢之手殘酷地一一砍斷。

樹木發出嘰哩嘰哩的壓輾聲，一邊倒下的前一瞬間，飄浮在半空中——身穿黑色圓筒形服飾，臉上戴著烏鴉頭部造形的面具——的男子從鳥嘴裡噴出火焰，將它化為灰燼。

男子堂而皇之的舉止真的充滿威嚴。然而身為惡魔的男子刻意整理道路的模樣，看起來也像是街頭雜耍。

惡魔——「大侯爵」——一邊讓脖子上那根仿造大腦形狀的針發出光輝，一邊順從地為了主人工作著。「侯爵」在他腳邊奄奄一息，還被放進「鐵鳥籠」中搬運著。使魔只要推動橫倒的鳥籠，裡面的「侯爵」也會跟著滾動。不知是不是因為綁帶下方的肌膚被磨擦到，只要鳥籠滾動，現場就會發出刺耳的慘叫聲。

他們踏著黑壓壓、有著異樣色調的灰，肅穆地前進著。

在遙遠的後方，戴著項圈的眾隨從兵扛著一座豪華的神轎。

黃金神轎上方堆積著氣派的王座跟白狼皮革，有著絕世美貌的傲慢女性就坐在那邊。從克里諾林裙襯裡面伸出長腿後，「大王」用她中意的烏鴉羽扇搧臉。她優雅地被搬運著，不時打著呵欠。

上千名大軍奇妙且安靜而熱鬧地前進著。

如同惡夢般悄悄地、宛如遊行般華麗地朝向有城堡的山頂前行。

不久後周圍的樹木開始中斷，森林尾端有一大片荒廢的丘陵。目的地是一座看似要塞的城堡，有如要俯視四方森林似的蓋在裸露而出的岩石表面上。

隊伍的目的是，緊緊關起來的那道城門——城主伊莉莎白的腦袋。然而，大軍卻在此時被始料未及的動搖所襲擊，大大地搖晃停下腳步。

他們前方站了一個新娘。

有如從結婚典禮偷溜出來的美麗新娘。

那副純白站姿滑稽到荒謬的地步，既扭曲又不合時宜。

「……………是怎樣了呢？」

這種異樣程度也讓「大王」不由得皺起眉心。然而不論重看幾次，站在城堡前方的身影都沒有消失。女孩身穿惹人憐愛的結婚禮服，如同看門人似的擋在前方。

那頭銀髮上披著施加纖細刺繡的頭紗，美麗曲線在白皙臉頰上落下柔和的陰影。簡單又高雅的禮服是只用純白布料縫製的，裸露而出的雙肩上裝飾著可愛花兒。優美的纖細手臂覆蓋著絲綢長手套，蕾絲層層相疊的裙子清純地將雙腿蓋住隱藏至腳踝處。

她佇立在荒廢的山丘上，簡直就像是在等待新郎。

在上千大軍面前，這副模樣極為滑稽。然而取代花束握在纖細手上的物品，證明了她正式要待著的地方正是戰場，而絕不是典禮會場。

新娘帶著像是處刑斧的異樣槍斧。

用黑色消光金屬打造的握柄上，裝了以獸尾編織而成的槍穗。那把巨刃的凶惡度令人聯想到肉食獸的顎部。

雖因為她的古怪行徑——手持處刑斧站在戰場上的新娘，不叫古怪的話要叫做什麼呢——而瞇起雙眼，「大王」仍是受到好奇心驅使，從大軍中連同神轎移動至前方。

有如迎接她一般，新娘靜靜睜開閉起的眼睛。

翠綠色的寶石製眼眸牢牢地凝望眼前的死亡——「大王」。

「大王」認同那對眼眸中的強烈意志之光，啪的一聲闔起扇子。

「原來如此，看樣子似乎不是惡搞呢。」

低聲囁語後，「大王」判斷眼前這名扮相荒謬的對手確實是自己的敵人。

她認同做著新娘打扮的女孩是一名——比身著鎧甲的騎士——還適合站在戰場上的對手。「大王」就這樣語帶疑惑地向新娘——小雛——搭話。

「沒錯，我記得妳呢。妳就是對那個可悲帥哥情有獨鍾的機械人偶小姐吧？妳這是打算做什麼呢？看樣子妳似乎也不是誤以為這裡是典禮會場，妳的意思是連新郎都沒帶，就要一個人過來赴死嗎？」

「正是如此，我是前來赴死的。」

小雛毫不猶豫地如此斷言。「大王」瞇起眼睛。她歪著唇瓣，在烏鴉羽扇後詢問小雛。

「前來赴死？是伊莉莎白這樣命令妳的？居然被當成棄子，妳還是可憐呢，小姐。那套新娘禮服是怎樣？表示妳的依戀嗎？」

「別擅自誤會，這套禮服是櫂人大人為實現我最後的心願而準備的。是我對那位大人的意志與情感的表現。命令我站在這裡的人是櫂人大人——我心愛的唯一主人。」

「哎呀，是被那個帥哥命令的啊！」

「大王」瞪圓雙眼。頓了一拍後，那張臉龐浮現嘲笑般的笑意。「大王」搖搖頭，發出如同在逗弄貓兒般的甜膩聲音。

「這樣才可悲呢。多麼可憐啊，小姐。妳無疑是被當成了棄子喲。叫妳守護伊莉莎白，命令妳在這邊拖住我的腳步，跟叫妳為了其他女人去死是一樣的——同樣身為女人，真是叫我不得不同情妳呢。」

「大王」用著實溫柔的語調憐憫小雛。然而，她的嘴角卻浮現出具有黏膩印象的邪惡微笑。她用真的很討厭的表情向小雛輕聲低語。

「欸，小姐。就算伊莉莎白拒絕投降好了，妳也無意成為我的部下嗎？就算只有妳也行喔。妳不像伊莉莎白那樣有價值，即使如此，妳確實也是由弗拉德製造的為數不多的人偶喔。只是在齒輪上油避免生鏽的話，我會每天替妳做的。我不會像那種男人一樣，隨心所欲地將妳用壞喲。」

「———不准愚弄我的新郎！」

現場發出如針般銳利的拒絕話語，「大王」微微挑起單眉。

小雛在她面前揮下處刑斧。空氣嗡的一聲被斬裂，現場刮起風。小雛用處刑斧利刃指著「大王」，靜靜地如此述說。

「那位溫柔的人告知我去死，連這個意義都不懂嗎？」

「不懂呢，小姐。對方叫妳去死而捨棄了妳，所以這到底是怎樣呢？」

「那位大人苦惱到了最後，將重大使命託付給我，依賴了我。我很明白這裡面有什麼意義，這是源自於愛與信賴的決定。他打從心底愛我———並且在最後希望與我並肩作戰。他總算將我排入了自己的想法與作戰計畫之中。那位溫柔又膽小的大人如此全面性地信賴我，打從心底認為我是親近之人———這有多麼令人欣喜啊。」

她用力握緊斧柄，那對翠綠眼眸緩緩滲出不是悲傷的淚水。「大王」毛骨悚然地皺起臉，然後更用力搖頭。她用傻眼的語調接著說：

「所以妳就要因此而死啊。面對上千大軍，毫不迷惘地白白送死給他看嘍。」

「是的，與吾至高無上的喜悅一同。」

「令人，吃驚呢……妳，瘋了嗎！」

看到那對燃燒般的眼瞳後，「大王」不由自主如此吼道。她張大性感紅唇，露出驚呆了的表情。就算是「大王」也不由得仰望天空，繼續說出困惑的話語。

「妳瘋了呢。」

「正是如此。『大王』啊，妳不知道嗎？所謂的愛就是瘋狂喔！打從與櫂人大人相遇的那一天，我小雛就發了瘋地愛著他！」

小雛高聲地如此斷言。她再次——這次是橫揮——揮動大斧。空氣被銳利地割開，強烈風壓搖晃大軍。新娘裝束的裙襬華美地飛揚。

她搖曳純白色禮服與頭紗大喊：

「來吧，由我當你們的對手，『惡魔』們！吾名小雛！是心愛的櫂人大人永遠的戀人、伴侶、士兵、武器、玩物、性愛道具——以及新娘！」

小雛高聲報上名號後，「大王」闔起扇子。她無言地將它朝前方往下揮。

「好吧——既然妳這樣說，我就蹂躪那副身體吧。」

下個瞬間，使魔與隨從兵化為波浪襲向新娘。

無數腳步聲鳴響大地緊逼而來，在這股振動中，小雛舉起處刑斧擺出低姿勢。與敵方接觸的瞬間，她用力踹向地面主動衝進大軍之中。那個斧刃掃過隨從兵的腹部，橫向使勁揮出。使魔們踐踏朝四處飛散的臟器，從腰部的劍鞘中拔出劍前進。戰鬥揭開序幕，然而「大王」立刻就失去了興趣。

在喧囂之中，她深深地靠在王位上。

「唉……到底是怎樣啊。」

「大王」懶洋洋地如此低喃，然後忍住呵欠。反正新娘的逞強肯定也撐不了多久，而且機械人偶的運作也有其極限。以如此數量的士兵為對手，應該無法久戰吧。「大王」聳聳肩，叫隨從兵斟酒。

傾斜被紅酒填滿的黃金酒杯，她暫時度過了一段優雅的時光。

在她前方，血花華麗地飛揚，數顆頭顱飛起。然而，就算有數十人被收拾掉也不是問題。「大王」用愛睏的視線望著在前方持續的爭鬥。

「很努力嘛……」

鮮血飛濺，首級飛起，被截斷的胴體落地。新娘禮服的裙襬翻飛，隨從兵與使魔以波狀一口氣逼至她身邊。那道波浪被打亂，被推了回來。

不管過多久，以斧刃切肉的聲音都沒有終止。

「大王」感到不太對勁，臉緊繃了起來。

（有點怪怪的？）

是不是發生了不應該發生的事情？

回過神時，「大王」前方已經漸漸築起一座屍山。屍骸倒在地面上，上方又持續堆疊屍骸跟內臟。慘叫聲傳出，新的隨從兵腦袋同時飛起。斧頭旋轉發出嗡嗡聲響甩去血沫。

大地染成紅色，空氣中帶有凝重的鐵鏽味。

「大王」瞪大雙眼，黃金酒杯從她手中掉落。看到站立在屍山上的人，她不由自主發出聲音。

「少開玩笑了啊……小女孩！」

在那兒的是——超脫常軌的修羅。

新娘身穿染成赤紅色的結婚禮服，手中舉著處刑斧。

那副頭紗簡直像是被血雨淋到似的，染得又紅又濕。隨從兵接近而來，沾滿鮮血的新娘用斧柄擊打他的腹部，再反轉身軀有如跳舞般避開使魔的一擊，然後再次踹向地面向後空翻。頭紗描繪出柔和軌跡。

她在著地的同時彈起大斧，用利刃將一個敵人斬成兩半。

鬼氣逼人的動作讓「大王」不由得緊握烏鴉羽扇。

（那把大斧是……伊莉莎白的拷問器具嗎？不，不對啊。既然如此，它究竟是？）

小雛使用的黑色處刑斧鋒利度非比尋常，簡直像是伊莉莎白召喚的拷問器具。然而，如今她應該處於昏睡狀態才是，沒有多餘的力量將自己做的武器交給機械人偶。困惑襲向了「大王」。

比這更令人驚嘆的是小雛的動作。她用來殺敵的動作已經超越用讚美來表示就行的領域，甚至可說是駭人了。

小雛身上毫無破綻。如果是人類，她就像是在全身布滿可能會切斷大腦血管的緊張感警戒著所有方位。小雛用一般而論絕無可能的速度，瞬間對所有攻擊做出反應。

她有效率地斬下敵首，割裂腹部，有時以屍骸為盾，將所有敵人一一屠殺。從那個動作中只能感受到她絕對要殺害對方的強大意志。

就在此時，「大王」想起了一個事實。

『欸，弗拉德。你的人偶完成度雖高，卻很無聊呢。』

自己曾經告訴過弗拉德的話在耳邊復甦。他的機械人偶性能都很不錯，情感波動卻不足。她們總是缺乏熱情，動作也都會模式化，所以無法成為棄子之上的存在。

有時決心與衝動以及強烈情感——水能載舟亦能覆舟——會給予人類不尋常的力量。

「大王」想起曾有一名普通男人為了守護兒子而葬送了五具隨從兵。如果性能遠遠凌駕於人類之上的人偶擁有跟這相同——甚至超越它的強大意念的話。

（戀慕之心什麼的，靠這種東西——）

誕生在那兒的不是新娘這種好應付的存在。

就只是，怪物。

「還沒完啊啊啊啊啊啊啊啊啊啊啊啊啊啊啊啊啊啊啊啊啊啊啊啊啊啊啊啊啊啊啊啊啊啊啊啊啊啊！」

小雛發出咆哮，以單腳為支點旋轉，劃出圓形掃開數具隨從兵。從他們腹部飛出來的內臟噴到她的臉龐。粗野地吐掉進入嘴裡的肉片後，小雛倏地停下處刑斧，將它刺進衝向這邊之人的肺部。她就這樣奔向前方。將數具敵人串在處刑斧上，折斷骨頭再將他們一口氣踹開後，小雛大吼：

「要來多少都行！吾之愛是不會屈服的！」

這道聲音中帶有的認真語氣令「大王」毛骨悚然。

這個新娘，打算在壓倒性絕望的狀況下取勝。

為了心愛之人——就只是為了自己的新郎——打算殺光上千名大軍。

（你說什麼？你的意思是我在恐懼嗎？）

「大王」察覺到這個事實，同時感受到屈辱。

在那瞬間，她覺得自己好像在耳畔聽見弗拉德的笑聲。他是那種就算事情朝異樣方向發展，也能充分享受的類型。然而，「大王」並非如此。她是只疼惜自己的女性，所以並不喜歡意料之外的狀況。

（啊啊，弗拉德！都是你造出這種麻煩的東西害的！）

「大王」站起身。雖然隨從兵跟使魔的數量還足夠，卻不能把戰鬥交給他們。在不得已的情況下，大王闔起烏鴉羽扇，有如發出行刑指令似的向下揮。

「大王」在神轎上方，向保留起來作為殺手鐧的兩人發出指示。

「『侯爵』、『大侯爵』——去吧。」

黑色的筒狀男緩緩點頭。在那同時，滾倒在地上的鳥籠也打開了門。「侯爵」從那邊滾出來，他發出嘰嘰叫的吵鬧叫聲。

「妳、妳這臭女人，賣春婦！呼，是的，『大王』大人，我立刻就去啊啊啊啊啊！」

「大王」暗自咬緊牙根。在她的強烈支配下，「侯爵」的精神操作能力幾乎無法使用。不過，只要稍微解開一些控制力，「侯爵」就很有可能會立刻反叛。

（反正也不能期待精神操控能力對機械人偶產生什麼效果。）

如此判斷後，「大王」維持洗腦的強度，就這樣讓這兩具惡魔前進至新娘那邊。

「大侯爵」輕飄飄地浮著，上升至大群隨從兵與使魔的上方。他張大鴉嘴釋出黑焰，將部下們也捲入其中。

「——喝！」

在那瞬間，小雛將處刑斧高舉至極限，然後朝地面揮落。地面沿著衝擊波隆起，敵人的屍體彈了起來。那些屍體形成盾牌擋住厚實火焰。炭化成黑色的炭塊瞬間堵住「大侯爵」的視線，新娘縱向斬裂那些炭塊，整個身體前傾奔馳而出。

她在沾滿鮮血的頭紗下方閃動獸性眼眸。小雛發出裂帛的吆喝聲，同時從斜下方向上斬「大侯爵」。

「得手了——！」

「確實，如果對手只有『大侯爵』一人，或許是會受點小傷吧。」

「大王」用甘美聲音低喃。在下個瞬間，小雛下方有黑影出沒。

就算痛苦地掙扎著，「侯爵」仍然壓低身體爬行移動，然後用四肢擊打地面。他有如蟲子——表現出人類不可能做到的跳躍力——高高躍起。

「侯爵」有如子彈般衝進將斧頭向上揮而變得疏於防備的小雛腹部。

受到直擊，她的身體拱成完美的く字形。

「嗚——咕嗚——！」

小雛被轟飛了頗遠，狠狠摔在地面上。就算在地面不斷滾動，她還是拚命掙扎試圖起身。然而就在此時，從地面上跳起的「侯爵」跟她並行奔馳。他伸出手臂擋下小雛，動作迅速地抓住她的四肢，將它們折向不自然的方向。

白皙美麗的肌膚掉出齒輪，機械油向外噴出。

「咿，咕，嗚啊啊啊啊啊啊啊啊啊啊啊啊啊啊啊啊啊啊啊啊啊啊啊啊！」

機械人偶打造的過分纖細的感覺中甚至有痛覺存在，而且在此時造成了不好的影響。

小雛的身軀不斷彈跳，翠綠色眼球整個翻轉了一圈。「大侯爵」輕飄飄地浮在她身邊。在他吐出火焰的前一瞬間，「大王」對他的背部發出聲音。

「等一下，我對這女孩有興趣呢。至今為止，弗拉德的機械人偶中從未有人發揮過如此強大的性能。我想要她……不過大意不得呢——是啊，只把手腳燒掉吧。」

「大侯爵」點點頭，吐出調整過的火焰。小雛美麗的手腳準確地化為灰燼。曾是拳頭的位置只剩下處刑斧。

她咬緊牙根拚命吞下慘叫聲，一邊用激烈的眼瞳瞪視「大侯爵」。浮現在翠綠眼眸中的敵意尚未屈服，然而跟字面上敘述的一樣，小雛出不了手也出不了腳了。

確認到那副模樣後，「大王」總算取回寬容的感覺，臉上露出微笑。

「總算安分下來了呢。雖然恣意妄為了好一會兒，不過妳很有趣呢，機械人偶小姐。」

「……」

「是啊，殺掉伊莉莎白後，要怎麼處置妳呢？首先把妳那些齒輪從頭到尾徹底查探一番吧。調查完後，我會在沒有四肢的狀況下將妳擺飾起來，而且不會破壞妳的那副身軀喔。畢竟妳的嘴跟下面都還可以『使用』，來我帳篷造訪的客人們一定也會很開心的。」

「大王」用扇子遮住嘴角，一邊說出下流話語，一邊真的很高雅地微笑。在那瞬間，小雛用鼻子哼了一聲嘲笑她。

「哈，賤人。妳也跟弗拉德的客人一樣。我就在此時此刻高聲宣言吧，成為那位大人的新娘——我由衷感到幸福。」

「真是的，在這種狀態下還嘴硬，真是可愛呢。」

「大王」寬大地如此告知的瞬間，小雛從嘴裡吐出某物。

那是小小的獸牙，它喀的一聲嵌上開在槍柄上的洞孔。

在那瞬間，小雛只靠胴體做出跳躍。燒剩下的新娘禮服搖曳擺動，齒輪不斷掉落，斧頭從獸牙刺中的位置旋轉。

朝向斜上方的處刑斧利刃喀嚓一聲鬆脫，飛向半空中。

小雛用牙齒接住斧背，單靠下顎之力將它揮出。

「嗯啊？」

嘶啪一聲，她斬飛了「侯爵」的腦袋。

他的頭部愚蠢地在空中飛舞，咚一聲落至地面。或許是搞不清楚狀況，他的眼球——簡直像在確認惡劣玩笑似的——左右移動。

過了一會兒後，「侯爵」軟軟地放鬆嘴巴，變得一動也不動。他的頭部跟身體融解崩潰，變成黑色羽毛。

「——哎，呀？」

「大王」來不及理解，發出不像是她的傻氣聲音。然而在這段期間內，「大王」腦袋裡的冷靜部分還是精確地分析了狀況。

（——是洗腦的關係吧。）

以強烈束縛控制兩人的做法造成了危害。因為下達了「燒去手腳就行」的命令，所以「侯爵」才無法立刻做出反擊。話雖如此——

「機械人偶，殺掉了，惡魔？」

過於始料未及的現實令「大王」茫然低語。

「侯爵」確實是很弱。然而，這是絕對不能發生——有如兔子殺死獅子，奴隸討伐王那樣——的大爆冷門。就高位者的立場而論，實在無法容許這種事情發生。

「大王」將力氣灌入握住烏鴉羽扇的手。她喜歡的扇子發出咯嘰咯嘰的壓輾聲折斷了。

「大王」終於失去優雅，在額頭爆出青筋大聲喊道：

「殺掉，殺掉，殺掉那個女孩，不能再留她一命了！連灰燼都不剩地燒光她！」

她殺意畢現地叫道後，「大侯爵」深深點頭。他張開烏鴉面具的嘴巴。小雛眺望在那深處捲動著的業火，垂下頭靜靜低喃。

「櫂人大人……就算我倆死別，小雛依舊是您的人。我會相信這副軀體也有靈魂……先去下面等您的。」

最大輸出的火焰釋出，黑色死亡以猛烈的勁道逼近。

在那個瞬間，小雛浮現洋溢愛情的微笑。

「請務必，慢慢地，慢慢地，過來喔。」

在新娘有如祈禱般低語，同時即將被燒死的那一剎那——

新郎在遙遠的城堡中「看著」這一切。

那副身軀被上千條鎖鍊貫穿。櫂人有如被蜘蛛網抓到的獵物，被高高舉在半空中。

他腳邊的地板上畫著某個魔術式。它是熟稔魔術之人一旦看見，就會不由自主因其駭人而瞪大雙眼的東西。

小雛使用的斧頭跟這個魔術式連接在一起。那是櫂人得「皇帝」之助，參考伊莉莎白的拷問器具而製造出來的物品。那把利刃接收到的所有痛苦，都會經由魔術式與鎖鍊傳達至櫂人這邊。

就算得到使魔與從兵的痛苦，惡魔的喜悅度也很低。

他「親自重新品嘗」以這種方式收集到的所有痛苦，將「人類的痛苦」給予「皇帝」。

品嘗到數百人份的喪命劇痛，神經燒斷，死亡過無數次，卻一次次不斷復活的少年如此低喃：

「可以動了嗎？這樣下去，我的新娘會死。」

「嗯嗯——足夠了，狂人啊。」

在那瞬間，試圖觸碰小雛的黑焰被黑暗吞沒消失了。

在場之人都瞪大眼睛，黑色羽毛與蒼藍花瓣也同時輕飄飄地從天而降。它們簡直像在祝福何物似的飄散在戰場上。

不祥又美麗的兩種顏色緩緩累積在沾滿鮮血的大地上。

「是什麼——」

在「大王」瞪大雙眼之際，她最意想不到的存在——

渾身鮮血的狂人飛降至現場。

漆黑布料以魔力編織而成，覆蓋在那副軀體上隨風搖擺。令人聯想到軍服的窄版衣服裝飾著如血般鮮紅的絲線，半一體化的長外套下襬迎風翻飛。

踏著黑色羽毛與蒼藍花瓣，樣貌近似於弗拉德——與其說是貴族，印象反倒像是年輕將校——的人物開了口。

「久等了，小雛。」

櫂人以與現場狀況不搭嘎的沉著聲音低喃。

然後，新郎站到了新娘身邊。

7

魔術師誕生

fremdartürchen

『嗯嗯，沒錯。所以我有一個想法——肯聽嗎？將我的「痛苦」交給【皇帝】。用這個方法的話，應該用不著傷害他人也能給予人類的痛苦。』

被弗拉德詢問——無意從他人那邊奪取痛苦，是要如何跟【大王】戰鬥——之際，權人是這樣回應的。

闇之魔術伴隨著痛苦，惡魔之力尋求痛苦。權人的身體習慣痛苦。

他從這三點推導出這個結論。

這是「拷問姬」伊莉莎白・雷・法紐絕對不可能使用的方法。她不是惡魔的契約者。伊莉莎白是用自身那副有著惡魔血肉扎根的肉體產生魔力。就她的情況而論，自殘行為畢竟只是自身的痛苦，無法作為其他人類的痛苦加以接收。然而權人處於跟【皇帝】訂下契約的狀態，卻又還沒有完全達成融合，因此有可能做到這種事。

即使如此，弗拉德仍舊說得沒錯，這個想法根本就是失心瘋了。

承受數百人份的痛苦不是正經的想法。如果是普通人，就會因為痛楚的衝擊而引發血液循環不良，血壓降低，意識出現障礙急速惡化然後致死吧。然而櫂人是不死身，他的靈魂裝在伊莉莎白製造的人偶裡面。

只要不要因為流血而造成全身血液流乾，櫂人就能夠復活無數次。因此他可以源源不絕地將痛苦還原至「皇帝」那邊。

再來就是精神會不會消耗殆盡的勝負了。

而且，瀨名櫂人很習慣痛苦。他將手伸向伊莉莎白不會叫他打開的門扉，堂而皇之地開啟了它。

「皇帝」叫櫂人是【十七年來的痛苦累積】。

還稱他為——狂人。

＊＊＊

櫂人筆直地舉起獸臂站到戰場上，打扮從那副至今為止依舊不適合他的執事服，搖身一變換成適合站在戰場上的軍服。

獸臂就是他跟「皇帝」締結契約的證據，而且黑暗以它為中心捲動著漩渦。黑暗有如逗弄般纏上火焰，然後將它吞噬。在失去四肢的狀態下，小雛眼眶微微含淚抬頭仰望他。

「——櫂人大人。」

「抱歉，妳會變成這樣……都是我害的。」

櫂人單膝跪在原地。他像是抬起重要之物似的輕輕抱起小雛。櫂人將臉龐靠近美麗銀髮，小雛也閉上眼瞼用臉頰磨蹭他。

吸進那股氣味後，她撲簌簌地流下淚。

「啊啊……櫂人大人的味道，櫂人大人的體溫。請您務必不要道歉。能像這樣與櫂人大人再次相遇，小雛只感到滿心歡喜。」

「真的很抱歉，直到最後一刻我都不曉得來不來得及……所以我怎樣也無法跟妳訂下約定。」

櫂人如此低喃。到底這個方法能不能順利進行呢？直到「皇帝」能夠發揮一定程度的力量為止，痛苦的總含量有辦法達標嗎？

對他來說，直到實際執行為止都無法做出判斷。

就算不斷拷問自身──實際上在「大王」攻過來前，櫂人就是這樣做的──終究趕不上口氣從大量對象那邊收集到的痛苦總含量。

這個計畫要成功，需要超過千名以上的敵人，以及小雛攜帶能將那些痛苦傳送給櫂人的大斧進行戰鬥。然而，能否平安救出她就是一項賭注了。

所以櫂人請求小雛幫助時，只能對她說「妳肯為我而死嗎」。他說不出差勁的理由，也做不出建築在猜測上的甜美約定。

而且，她有如在說「這樣也行」似的點了頭。

結果櫂人將自己跟小雛的籌碼疊在一起——在賭桌上將它們推出去——贏了這場魯莽的賭局。

櫂人舉起充滿惡魔魔力的左手，牢牢望著「大侯爵」。小雛一邊被另一隻手臂抱住，一邊發出氣若遊絲的聲音。

「櫂人大人……您跟惡魔……跟【皇帝】融合了？」

「沒有。不過，我能使用的魔力甚至不足以締結契約，所以我獻上血肉，呈現單靠左臂輔助讓惡魔肉身成形的狀態。而且我體內仍舊流著伊莉莎白的血，所以比以前還能引出魔力。還有——」

說到這邊時，櫂人停止說話。

「大侯爵」動了。為了完成「大王」的命令，他挺身上前排除礙事者——櫂人。身穿黑色圓筒狀衣服的男人輕飄飄地浮著，張開覆蓋那張臉龐上的烏鴉面具的鳥嘴。「大侯爵」準備噴出更強大的火焰。

櫂人冷靜觀察「大侯爵」，那股魔力量果然遠比他還要高。

（就算收集了痛苦，我的力量畢竟只是臨陣磨槍。）

櫂人畢竟還是無法抵達伊莉莎白站著的遙遠高峰，也遠遠不及「大侯爵」。然而，卻有兩點對櫂人有利。

首先，第一點是「大侯爵」是人型。

（或許是「大王」不想讓他用醜陋姿態侍奉吧——「大侯爵」還沒曝露出跟惡魔完全融合的模樣，他尚未使出全力。）

勝機只有現在，櫂人彈響手指。

黑暗與蒼藍火焰捲動，眾隨從兵的屍骸有如用磁鐵吸過來般聚集在他周圍，然後一個一個地堆疊。他們自行折斷手腳，組成巨大高台。

這個技巧參考了死靈術師瑪麗安奴曾經使用的招式。

櫂人對它下達命令。

「——保護我們！」

「大侯爵」同時吐出火焰。完全組裝好的屍骸肉身在轉眼間炭化。然而以魔力強化過的體液跟骨頭有如強化玻璃般硬化，擋下了火焰。「大侯爵」在嘴裡捲動更強大的火焰試圖追擊，然而在那之前，火焰就呼的一聲中斷了。

「——計畫順利嗎？」

櫂人彈響手指，崩解用來當盾牌的骨頭。

確認眼前的情景之後，他邪惡地歪了嘴脣。

「大侯爵」的脖子折向一旁，鮮血配合心臟跳動，從破損的頸動脈中噴出。巨大獵犬輕輕地——有如壓住玩具似的——將腳放在他的脖子上。

從背後襲擊「大侯爵」、雙眼寄宿地獄火焰的黑犬咧嘴一笑後，從頭咬住那副軀體。「皇帝」將「大侯爵」的肉體輕盈地扔至半空中，然後用嘴接住。「皇帝」簡直像是吃零食似的，咬碎了「大侯爵」的身體。

櫂人繼續向小雛編織剛才中斷的話語後續。

「而且，我跟弗拉德一樣得到了『皇帝』的幫助。」

「皇……帝？為何『皇帝』會在這裡……可惡，弗拉德！弗拉德！你有在聽吧？不……你應該已經死掉了。不過，這個狀況是！反正你又是造出了靈魂複製品之類的東西吧？啊啊，多麼無意義啊……而且，看看你到底搞出了什麼事！」

「大王」如此大吼。從她在此時立刻懷疑身為已死之人的弗拉德，就可以說她很了解自己的好友。回應她的呼喚，櫂人從口袋中取出透明的石頭。

（……或許不會出來啊。）

雖然心裡這樣思考，他還是將魔力流至石頭那邊。下個瞬間，黑色羽毛與蒼藍薔薇花瓣捲動漩渦，貴族樣貌的黑衣男子幻影宛如天經地義般現身了。

堂而皇之地站到戰場上後，他微微聳肩。

『嗨，好久不見了呢，【大王】。我很久以前就聽說妳很活躍了喔。妳還是玩得很奔放不是嗎？看妳這麼有精神真是太好了。』

「哪、哪壺不開提哪壺？」

『嗯？我覺得這個招呼挺普通的呀。』

「你在想什麼啊，弗拉德！居然讓『皇帝』跟伊莉莎白的隨從訂下契約！託你的福，現在落到惡魔得要跟惡魔戰鬥的下場了不是嗎！你根本就是瘋了！」

『哎呀，我吃了一驚呢。我以為會跟惡魔締結契約的人「都瘋了耶」。』

唔──弗拉德輕撫下巴。「大王」更加用力地握住折斷的扇子，憎惡地顫抖著唇瓣。在完全表露出激昂表情的她面前，弗拉德點了一次頭，啪的一聲拍響雙手。

『看樣子妳似乎感到很不愉快，不過就請妳睜一隻眼閉一隻眼吧！如今的我頂多只是被封入石頭的可悲靈魂複製品──沒錯，就是過去的【我】的劣化品──罷了。就這個立場而論，我也沒有理由放掉可以品嘗到的娛樂啊。』

「就算這樣好了，你──你這傢伙──給我等一下，意思是你要背叛我嗎？」

『講什麼背叛，妳又用了失禮的講法呢。在生前，【我】有好好考慮之後的事──當然也包括妳的事──所以身先士卒站在前線指揮惡魔們。然而，妳卻拒絕救出【我】，尊崇個體選擇自己喜歡的生活方式。所謂的好友，就是會割袍斷義的存在呢。哎呀，這樣非常好！每個人都有自己的人生。【我】死了，妳則是活著，而且選擇了利用同胞。這是妳應有的權利。既然如此，如今我只是用自己喜歡的方式生活罷了，被妳說成叛徒還真是意外啊。』

「你這傢伙，這種理由──」

『來，看看這名少年吧！』

滔滔不絕地說出厚顏言論後，弗拉德忽然指向櫂人。

他用育種家發現優秀小狗般的表情，開始發表甚至可以說是天真無邪的自豪言論。

『如果這個瀨名櫂人墮落成為邪魔歪道，那樣也挺棒的。他會成為我的後繼者吧。不過如果他堅持到底，我的投資就會全部化為烏有。這是零或是一的賭注。生前雖然不太有辦法下這種類型的賭注，不過這樣也傻得挺開心的。如果在過程中出現犧牲者，哎，這也是沒辦法的事。貪婪跟剝奪是惡魔的本質吧？』

「也就是說——你打算略奪我？」

『妳在同胞的脖子上刺了針。明明可以繼承我的位子統合他們，自己卻不想被背叛，這樣講很奇怪吧？哎，雖然我完全沒背叛就是了——另外，我也先告訴妳自己的真心話吧。』

弗拉德將蘊含親愛之情的眼神望向「大王」。他用跟過去雙方深交時如出一轍的表情——對曾經共同炒熱舞會氣氛的好友——如此說道。

『為了我，安祥地好好死去。』

「嗯嗯，我知道喔……我明白。嗯嗯，我是明白的啊，弗拉德！你就是這種男人啊！沒錯……果然我能打從心底相信的人類就只有他了呢……我那個可悲又醜陋至極的園丁。」

「大王」喃喃低語，那張臉龐上閃過深深的憎惡與複雜的悲傷。

「你……為什麼會死啊？」

如此說完，她微微顫抖脣瓣。

在「大侯爵」跟「侯爵」吃下始料未及的敗仗後，如今「大王」手上已經沒有棋子了。她也無法讓惡魔吐出心臟了。

就她所見，面前的敵人雖然遠遠不如自己，卻擁有——原本的能力值凌駕於她之上的——「皇帝」。然而，「大王」忽然表情一變。

她自傲地高聲大笑後，將雙手放上自己的洋裝衣襟。

「好啊——不論是善是惡，都一樣。」

「大王」流暢地拉下紅色洋裝。豐滿乳房有如彈出來般軟綿綿地搖晃，猛然露出。她在殘存的隨從兵們發出的動搖聲中展現出完美的上半身。然而，那副肉軀卻在轉眼間發出詭異聲音融化崩解，從內側開始下陷。

有如美麗化身般，看似女神的裸體漸漸崩壞。

那些肌膚腐朽，血肉化為塊狀物一一剝落，肋骨裸露而出。凄慘的變化繼續擴散。在克里諾林裙襯骨架內側的腳也立刻化為纖細的兩根白骨。

「大王」一邊醜陋地失去血肉，一邊用殘留下來的唇瓣嫣然一笑。

「死去前，能在世上享受生活到什麼地步——就只是這樣而已喔，我『大王』菲歐蕾就笑到最後給你們看吧。還有，請你別誤會喔——帥哥。」

直到此時，「大王」初次將視線移向櫂人，紅眸將他射穿。侵蝕的情況也推進至臉頰。看起來很柔軟的唇瓣上下分別墜地。

即使如此，殘留下來的骷髏仍是做出宣言。是從哪裡發出聲音的呢？

『你雖然變成了一個好男人——不過我占優勢的事實仍然沒有改變喔。』

上半身完全化為骷髏的女人如此嗤笑。紅色洋裝忽然開始膨脹，她的骸骨也與布料一同發育成長。指環被彈飛，神轎也發出聲音被壓扁了。

數具隨從兵受到牽連慘遭壓死，發出恍惚的慘叫聲。剩下的隨從兵當場跪下趴伏在地。

在那之後，巨大的女性骸骨站著。她的紅裙翻飛，裡面隱約能窺見類似鳥籠的骨架。

那副模樣很醜陋，有著女性氣息，不知為何甚至殘留著優雅感。

她釋放令見者感到畏懼跟害怕的沉重壓力，一邊喀噠喀噠地弄響牙齒。

『那麼，愉悅吧，帥哥。我「大王」菲歐蕾就不惜捨棄受世間讚嘆的絕世美貌，來當你的對手吧。』

骸骨用高貴動作行禮，然後做出宣言。櫂人抱著小雛，就這樣讓緊張感漲滿全身。在他旁邊，弗拉德大大地聳肩發出傻眼的聲音。

『捨棄了美麗嗎——那麼，身為女性這種存在，變成這樣後就棘手了。』

「欸，弗拉德……老實說，我覺得這是你煽風點火害的呢。」

『哈哈哈，沒這種事啊。這只是時間早晚的問題。那麼，要怎麼辦呢？【大王】的能力是精神操作，直接戰鬥時她的能力遠遠不及【皇帝】。不過，那是在我是主人的情況下。認你為主的【皇帝】肯定不如她吧。喔喔。』

『少虛言妄語——你說吾會輸給蠢貨嗎？』

黑犬的獠牙再次挖去弗拉德的背部。櫂人無視像是鬧劇的對答，無言地將小雛放到地面上。在她說些什麼前，他就彈響了手指。

剛才強化過的骨頭跳起舞，有如守護她似的圍成半球體。小雛連忙大叫：

「———櫂人大人，我也———」

那道聲音化為悶響，消失在骨頭的另一側。用愛憐目光注視骨頭防禦壁一會兒後，櫂人甩去依戀別開臉龐。

弗拉德搖搖頭繼續說道：

『真是的，那就不開玩笑講正經話吧？【大王】變成那樣後，就只有解開【活祭品咒法】的束縛呈現解放狀態的伊莉莎白能敵得過吧……唔，似乎早就沒有我能做到的事情了啊。祝你幸運，加油嘍。』

「竭盡所能煽風點火，然後迅速消失嗎？」

弗拉德沒回應櫂人傻眼的話語，化做黑色羽毛跟蒼藍花瓣消失了身影。在那前方，「大王」高高地挺起胸部張開雙臂。

櫂人彈響手指。砍飛「侯爵」腦袋的處刑用斧刃緩緩飄浮至空中。那片利刃分割成四塊，展開在他四周。

讓那些利刃碎片停住後，櫂人對「皇帝」發出指示。

「不好意思，我要專心防守我自己。『皇帝』你就集中精神折斷那傢伙的脊椎。不讓架勢崩潰的話是拿她沒輒的。」

『那麼那麼——小鬼你是否能擋下一擊，真是值得一看啊。也要小心針喔，如果脖子被刺中，吾可是會吃掉你的啊。』

留下「咕噫嘻嘻嘻」這種像是人類笑聲的聲音後，「皇帝」踹向地面。

「皇帝」繞到「大王」背後縱身一躍。然而克里諾林裙襯卻突然動了起來，形成人型女性的形狀。它簡直像皮影戲或人偶劇般襲向他。

「皇帝」急速迴轉避開捲過來的布片，然後看起來不怎麼慌張地將爪子放上紅色布幕。然而就算布幕被撕裂，還是不停製造新的細小人型。

『來吧，成人的遊戲時間到嘍！』

在這段期間內，「大王」的本體也揮動手臂。銳利手指朝櫂人逼近。

櫂人兩次、三次地彈響手指。處刑斧滑向前方，就像被看不見的絲線操縱似的。它發出聲音，彈開「大王」用五根手指發出的銳利斬擊。

戰場上響起劍戟般的聲音。

手指有如敲擊鍵盤般，以駭人速度優雅地不斷刺出，櫂人極度集中精神地將它們擊回。

他彈開從自己右手邊緊逼而來的手指，防禦刺向天靈蓋的一擊，牽制繞到背後的指尖。同時用化為獸掌的左手揮落不時狙擊脖子而來的細針。然而，權人本來就只是普通人。

若讓他來形容，這場攻防不過是賭上一口氣在進行罷了。他的戰鬥經驗壓倒性地淺薄。

看穿權人已經沒有餘裕後，「大王」張開嘴巴。那些牙齒脫落，在他腳邊炸裂。權人的右腳被轟飛了。然而黑暗與蒼藍花朵卻捲起漩渦，在引發大量失血前將腳接了上去。在那同時，「皇帝」咬住權人的衣領高高躍起。

「────！」

『不准你難看地死去！蠢材！別在【大王】這種低階對手面前露出醜態！』

「皇帝」在他腦中狠狠發出叱責。權人用利刃彈開追擊的砲擊。然而這樣下去，就只能一面倒地防禦。他不由得領悟到只靠自己的話，甚至無法給予對手一記攻擊。

而且「大王」雖然捨棄人型，卻還沒有拿出真本事。她有如在挑釁權人般，喀噠喀噠地弄響下顎。

『真可愛呢，帥哥──還沒要表現出讓女人半瘋狂的魅力風采嗎？別讓我等太久喲。』

「這樣下去好像不可能贏呢──果然，有所謂的極限存在。」

『哎呀，放棄了？既然如此，意思是接下來你肯被我弄出可愛的啼叫聲嗎？』

「大王」用蜜糖般帶有黏膩感的語氣詢問。可能是刻意為了聲音而發動魔術，即使變成沒有聲帶的惡魔之姿，她仍震動空氣繼續低喃。

面對露骨的挑釁，櫂人簡短地搖搖頭。

「不，我可不想被弄得唉唉叫。畢竟我憧憬的女性跟心儀的女性都另有其人啊。」

『哎呀，真令我嫉妒。那麼，你是想怎樣呢，帥哥？』

「大王」伸出手臂削去大地揚起塵土，企圖將櫂人連同「皇帝」一同捏扁，一邊如此詢問。驚險地閃開那隻手掌後，「皇帝」高高跳躍從「大王」那邊拉開距離。

『那麼小鬼，隨你喜歡的去做吧。』

「皇帝」鬆開嘴巴，用力將櫂人扔出去。就在他即將撞上地面時，蒼藍花瓣撐住身軀勉強制止衝擊。櫂人再次立於大地上。

在「大王」擊潰那副身軀前，他有如戲法師般展開雙臂。

「───要這樣做啊。」

他操縱的處刑斧利刃唰的一聲掃過腹部。

＊＊＊

鮮血溢出。

大量的血。

權人跪地，一邊忍受痛楚一邊被甚至很懷念的感覺深切地擺布玩弄。

血與內臟從自行切斷的腹部掉出。血液帶有熱度，開始從邊緣處化作——只有在這邊是紅色的——花朵。變成花瓣後，它開始華麗地在空中跳起舞。

用空洞眼孔望向紅色事物飛走的方向後，「大王」發出疑惑的聲音。

『你在幹嘛……自殺式的攻擊……不，這究竟是……什麼？』

花瓣無視她飛向另一邊。

輕輕飛舞的飛雪般的落花拋下「大王」不管，在空中不穩定地搖動，不久後一口氣吹向外形像是要塞的城堡。

它們從被切斷的百葉窗門塞進寢室，就像在告知春天來臨似的。紅花瓣一齊倒進室內的模樣，看起來簡直像是落英繽紛的櫻花。

在它前方——床上——那邊，以完美美貌為傲的女孩正閉著眼睛。

「拷問姬」正在沉眠中。一片花瓣銳利地撫上她的脖子。有一定深度的傷口刻劃在白皙喉嚨上。

在下個瞬間，花瓣朝傷口蜂湧而至。紅色花瓣陸續進到她體內。

這跟以前櫂人在教會——躺在庫爾雷斯的拷問台上——時，伊莉莎白強行輸血給他的方法一樣。他的血流進她的體內。

處於切腹狀態下的櫂人，在遙遠的戰場上淡淡一笑。

「———總算成功了嗎？」

這就是他跟「皇帝」締結契約的真正目的。

櫂人察覺到某個重要的事實。

第一、「活祭品咒法」是可以堵住體內的魔力流動，讓人無法自由使用魔力的禁咒。並沒有失去魔力本身。

第二、要消除「活祭品咒法」，就只能將魔力比伊莉莎白還強大的血液灌進她體內。

第三、櫂人體內流著伊莉莎白的血液，而且如今在「皇帝」的契約加持下，「又加上了他取得的魔力」。

不久後，群聚在白皙脖子上的紅花幾乎消失。

只有數枚花瓣殘留在她臉上。浮現在肌膚上的字樣忽然開始蠢動。文字有如蛇昏死般痛苦掙扎，一邊緩緩消失。

不久後，紅色消失了。

伊莉莎白的全身得到解放。

即使如此，她還是沉眠著。然而，那對唇瓣忽然微微輕啟。呼的一聲吐出小小氣息後，伊莉莎白讓放在臉上的花瓣飛舞而起。她慢慢伸出手指，輕撫脖子的傷口將它堵上。

接著伊莉莎白撈起一片花瓣，輕輕將唇瓣壓上去。

櫂人的血在她唇瓣上染下紅潤色彩。

然後，伊莉莎白・雷・法紐有如從百年沉眠中甦醒般睜開眼。

她沉默了半晌，不久後刻意發出聲音，從唇瓣上移開手指。

她相當沉穩地低喃。

「————愚蠢之人，之後就用『水刑椅』對付你吧。」

下個瞬間，「拷問姬」的身影從床上消失。

之後現場只剩下數片紅色花瓣。

＊＊＊

風暴過來了，任誰都這樣想。

如果這不是風暴，那到底是什麼呢？

跟櫂人出現時完全無法相提並論的大量黑暗與紅色花瓣捲起漩渦。它們奢華又華麗地漸漸塗滿整個空間。

有如上千薔薇四散般，宛如上萬花兒被斬成粉碎似的——那股風暴甚至發出轟隆隆隆隆的危險聲音，壓倒性地侵襲空間。

「大王」一邊被飛舞在周圍的花瓣擺布，一邊發出困惑的聲音。

「——這是，該不會……這應該不可能啊。」

風暴開始不斷收縮，黑暗與風以駭人之力漸漸凝固。花瓣在地面上奔馳，刻下紅色魔術文字。花瓣在內側漸漸化成人形。

在下個瞬間，風暴猛然爆散。

鎖鍊從內側迸發，銀色從四面八方掃過空中，發出也像是祝福的聲響。

美麗女性拖著上千條鎖鍊鏘啷作響地現身了。

烏黑柔亮的秀髮隨風飄揚，被黑色束縛風洋裝裹住的身軀嬌艷地向後拱起。裝飾布有如斗蓬般翻飛，被高跟鞋妝點的腳穿進地面。

握在手中的「弗蘭肯塔爾斬首用劍」空揮劃開虛空。

在那同時，風有如在騙人般平息了。她睜開紅眼。受世人讚詠擁有絕世美貌的女孩望向「大王」。

然後，「拷問姬」伊莉莎白・雷・法紐張開脣瓣。

「嗯嗯嗯嗯嗯嗯嗯嗯嗯嗯嗯嗯嗯嗯——完全復活嘍喔喔喔喔喔喔喔喔喔喔！」

什麼不好說，偏偏要說這種話啊。

櫂人非常老實地這樣想。然而，伊莉莎白並未察覺到他的冰冷目光。她用實在很欠缺優雅的動作喀啦喀啦地弄響脖子。

「啊啊，真是的。睡了很久反而很累呢，身體還挺痛的啊。」

伊莉莎白用戲謔姿勢動了幾下肩膀。再次弄響脖子後，她用力揮劍。讓劍尖急停後，伊莉莎白指向「大王」。

野獸般的銳利視線靜謐地貫穿「大王」。

「至今為止妳都挺為所欲為的嘛——『大王』啊。」

「妳……伊莉莎白。」

「如今，余在世上最蠢的隨從努力下像這樣取回了力量，所以妳有察覺到自己的命運

吧？妳的精神操縱能力真的很優秀，所以在戰鬥上就沒這麼厲害了吧？就是因為這樣，妳才使用了『活祭品咒法』吧？」

伊莉莎白凶惡地笑了。「大王」沒有回應，她只是向後退了一步。

骸骨一邊搖晃地面一邊微微向後退。「大王」感到困惑般環視周圍。在她面前，「皇帝」在眼裡燃燒地獄火焰，伊莉莎白傲慢地站著。

不久後，「大王」喃喃吐露話語。

「……………伊莉莎白。」

「我有說過吧，『大王』。惡有惡報。處罰終於追上妳了。」

「伊莉莎白啊啊啊啊啊啊啊啊啊啊啊啊啊啊啊啊啊啊啊啊啊啊啊啊啊啊啊啊啊啊啊啊！」

「妳像這樣呼喚吾名，還真是有快感呢。『大王』菲歐蕾！」

伊莉莎白揮下「弗蘭肯塔爾斬首用劍」。上千條鎖鍊聽從那個指示捲住「大王」。鎖鍊捲住她的手臂、胴體以及脖子後，有如楔子般將它們的前端打進地面。「大王」激烈地掙扎，鎖鍊卻沒有斷掉。

伊莉莎白高高舉劍。

她下令行刑般將它揮下，然後大叫：

「『冰之雕像』！」

強烈冷氣在「大王」四周捲起漩渦。櫂人一邊用僅剩的些許魔力癒合腹部，一邊瞪大雙眼。

發出閃亮光輝的雪之結晶在「大王」周圍飛舞。然而，骨頭卻毫無感覺。她有如在說自己大失所望似的弄響牙齒。然而在下個瞬間，「大王」旁邊出現了巨大的女神像。擁有純白色肌膚與秀髮的美麗女孩，向化作白骨的女人露出微笑。

她將手上的水瓶倒向那副身軀。

水傾盆而降，而且接著不斷結凍，周圍那些仍然趴伏在地的眾隨從兵首先被凍住。那些水開始將「大王」的身體活生生地封入冰雕之中。

「大王」似乎領悟到自身的命運。被凍結在冰塊裡，然後冰像遭到擊碎的話，一切就結束了。她將空洞的眼孔望向伊莉莎白。

伊莉莎白依舊掛著微笑。「大王」只有骨頭的臉龐掠過動搖的感覺。她失去至今為止的從容心態，牙關初次難看地打起顫。

「不要啦……居然在這種地方結束……你……畢耶爾……」

這究竟是不是那個園丁的名字呢？

櫂人確實目擊到「大王」沒有眼瞳的眼孔中寄宿了類似恐懼的情感。

在那瞬間，伊莉莎白有如責備似的開了口。

「妳要收回自己說過的話嗎，『大王』？真是可悲啊。」

「…………！」

「不論是善是惡都一樣。死去前，能在世上享受生活到什麼地步——就只是這樣而已。說出這些話的人就是妳吧。」

伊莉莎白說出帶有尖銳批判的話。

即使如此，妳還是要發出慘叫聲嗎——她將明確的輕蔑之意放上舌尖。沉默落至現場，不久後「大王」雙肩震動開了口。

「……呵呵呵……呵呵呵呵，呵呵！」

她搖曳紅裙，大大地挺起胸部。「大王」愉快地發出聲音。

「呵呵呵呵呵呵，哈哈哈哈哈哈哈，很會說嘛，伊莉莎白．雷．法紐！是啊，這一回正如妳所言喔。」

她用優雅語調如此笑道。「大王」睥睨四周，就像在說這樣毫不可恥毫無可懼似的。如果現在手中尚有烏鴉羽扇，她應該會華麗地打開它遮住嘴邊吧。

享受邪惡、活在罪惡中的女人一邊被封入冰中，一邊優雅地撂下話。

「是啊——我『大王』菲歐蕾就笑到最後給你們看吧。」

如同此言，「大王」沒發出半點慘叫跟懇求。

她活生生地被冰塊凍住。跟身受火燒的好友剛好相反，「大王」被關進冰塊中。

她以醜陋之姿化為雕像。

瞬間，鎖鍊被揮出。

銀鎖鍊擊打「大王」的人像，將它擊成碎塊。封入骨頭的冰飛散在四周，化為黑色羽毛飛舞至空中。羽毛如雪般降至戰場上，有如要覆蓋隨從兵跟使魔們的屍骸般不斷落下。

在如此光景中，伊莉莎白閉上眼，睜開，然後高舉拳頭。

「——————太弱了！」

跟最惡劣之敵的戰鬥，就這樣落幕了。

理解到這個事實後，權人彈響手指。小雛四周的骨頭溶解，朝地面崩塌落下。

或許是對「大王」之死感到滿足，「皇帝」發出低笑聲。不過，他忽然扭曲鼻頭重新面向權人。「皇帝」一邊不祥地燃燒雙眼，一邊低沉地撂下話。

『聽好了，【十七年來的痛苦累積】啊。你的扭曲心靈感覺很舒服，然而不破壞這個世界還有人類的態度吾看得很不順眼。吾在不得已的情況下失勢，屠殺其他惡魔無疑也是為了彰顯吾之力——不過你那種扭曲的決心能持續到何時呢，真是值得一看啊。』

咕唏噫嘿嘿嘿嘿嘿嘿嘿嘿，呼嘿嘿嘿嘿嘿嘿嘿，咕噫嘿嘿嘿嘿嘿嘿嘿嘿。

留下類似人的笑聲後，「皇帝」失去蹤影。寄宿在那對眼瞳的地獄火焰飄散殘光，然後消失。權人微微搖頭，接著環視四周。

在那瞬間，他與伊莉莎白四目相會。

「唉！」

「嗯！」

她目不轉睛地凝視權人，他也回望伊莉莎白。兩人什麼都沒說。然而，在漫長的沉默之後，權人終於認輸地開了口。

「對不起。」

「殺了你喔。」

兩人簡潔地交換了對話。伊莉莎白表情很嚴肅。感受到她動了真格後，權人舉起雙臂。就在此時，伊莉莎白大步朝這邊接近。她用單臂揪住他的領口高高舉起。美麗容顏凶惡地皺起，伊莉莎白的怒火表露無疑。

「誰叫你跟惡魔締結契約的？而且還偏偏是『皇帝』？嗯嗯？你在想什麼啊？頭蓋骨裡面應該有裝腦袋吧？就算是愚蠢至極也要有個限度喔。」

「喂！我沒有傷害人，妳也得救了，所以沒差吧！」

「就是因為這樣啊，你這蠢材！」

壓抑情感的聲音讓櫂人大感意外。

伊莉莎白的纖細手臂更加用力。她用紅眼凝視櫂人的左手。伊莉莎白瞪視變成野獸之物的手，一邊輕聲說了下去。

「余可不是為了這種事才讓你復活使你不死的。」

「……伊莉莎白。」

「蠢人。」

櫂人放下雙臂讓身體放鬆，他順從地讓伊莉莎白吊著。就在櫂人打算說些什麼時，耳邊傳來啜泣聲。

兩人猛然驚覺將臉轉向旁邊。

在下個瞬間，伊莉莎白將他扔向一旁。櫂人差點跌倒，卻還是著地了。兩人將身體前傾發足急奔。他們猛衝至依然倒在地上的小雛身邊。

「抱歉，小雛！傷口會痛吧！美麗的手腳都變成這副德性……不不不，沒事的！余會不留痕跡地將妳治好！不用擔心！」

「沒事吧，小雛！會痛嗎？會痛吧？抱歉，真的很抱歉。」

「不……不，不是的。不是，這樣，的。」

小雛被櫂人的手臂抱起，撲簌簌地流下大粒淚珠。究竟是哪裡不對——兩人歪頭沉思。

她有如孩子般，在他們面前哭得一把鼻涕一把眼淚。

小雛一邊啜泣一邊拚命訴說。

「櫂人大倫，平安噗事。伊莉賈白大倫，很簡康，沒有比這果還令倫開薰的惹。太好了，太好了。」

「……小雛。」

「……小雛，謝謝妳啊。」

伊莉莎白從黑暗漩渦中取出乾淨的手帕，拭去小雛的淚水。櫂人輕撫那頭銀髮。小雛雖然在哭泣，卻也露出了滿面笑容。

他們在戰場的遺跡上互相依偎。

靜謐時光總算造訪了。

對三人來說，這真的是久違的時光。

＊＊＊

回到城裡後，伊莉莎白立刻著手修理小雛。她抱著失去四肢的小雛衝進地下的一室，將跟過來的權人踢出去，然後再次關上門扉。

駭人聲響持續了好一陣子。現場響起與其說是治療，不如說只像是在施工的聲音。

權人動也不動地站著，等在那前方。

經過了多少時間呢？

不久後，門扉跟它被關上時一樣猛然開啟。

伊莉莎白懷中抱著小雛。纖細又白皙的軀體被穿上新的女傭服，四肢也好好地復原了。

權人浮現淚水，張開雙臂試圖衝向她。

「小雛！」

「蠢蛋，不能隨便摸喔！現在只是暫時接上去而已，體內的齒輪都變得亂七八糟了，需要一段時間進行自我修復跟整備。」

權人像這樣被伊莉莎白踢臉踹到一旁，然後停住。在權人摩擦被踢扁的鼻子之前，她用嚴肅的表情做出宣言。

「話說在前頭，小雛接下來會進入深沉睡眠。」

「深沉睡眠？」

「因為必須重新調整體內啊，在這段期間內機能將會停止。來吧，輕輕拿起來。由你來搬運，動作一定要輕喔。」

被伊莉莎白像這樣再次催促後，櫂人小心翼翼地伸出手。

他輕輕地，小心得不能再小心地抱起小雛。她微微睜開眼，睡眼惺忪地浮現微笑。

櫂人有如對待易碎物般輕輕搬運小雛。前往樓上後，他讓她躺在伊莉莎白到剛才為止都躺在上面的床。櫂人用困惑聲音詢問：

「所謂深沉睡眠……大概要多久啊？」

「別發出那種可憐兮兮的聲音。雖然不能明確地說，不過用不了很久。這不是永遠的別離。」

櫂人輕撫小雛的臉頰。她覺得很癢地縮縮脖子，張開薄唇，從唇間流溢出略微沙啞的美妙聲音。

「非常，抱歉……請讓我暫時……休息一下。」

「真的很對不起，小雛。妳有什麼希望……想要的東西嗎？」

「……希望，是嗎？」

「如果有，我會在妳清醒前準備好的。欸，有什麼想要的嗎？」

櫂人因突如其來的狀況而慌亂，並如此詢問。小雛閉上眼，略微煩惱了一會兒。

不久後，她忽然綻放唇瓣，柔柔地低喃。

「那麼……我只有一個……任性的要求，這樣……可以嗎？」

「嗯嗯，什麼都行，說吧。」

「我想成為櫂人大人的家人。」

小雛如此說完，櫂人受到衝擊般睜大眼睛。家人——他茫然地如此重複。至今為止對他來說，那只是給予痛楚的存在。

小雛知道這件事。就是因為這樣，她的翠綠色眼眸洋溢著無止盡的深邃愛情與疼惜，一邊接著說：

「我……無法像人類的女性那樣，生小孩……不過，我想成為櫂人大人的，家人……因為，我再也不會……讓你……孤伶伶一個人了。」

「…………小雛。」

「我會好好地，成為……愛您的……家人……」

「少、少說傻話啊，小雛……那種東西，打從很久很久以前……自從相遇的那一刻起，妳就成為我的伴侶了吧。」

櫂人吞下淚聲如此囁語，小雛浮現溫柔的微笑。櫂人不停輕撫她的臉頰。他再次用打從心底灌注愛意的聲音重複說道：

「妳啊，不是我重要的新娘嗎？」

「嗯嗯…………是呢。」

真開心——小雛有如作夢般低喃後，落入沉眠之中。

「……！……嗚嗚……嗚……嗚嗚……！……………」

因痛楚而死亡無數次時都沒流出的淚水，從櫂人眼中不斷滾落。

至今為止失去的一切，無法得到的一切在他的腦海中流動。

伊莉莎白什麼也沒說，只是等待櫂人平靜下來。

在近乎瘋狂的選擇與戰鬥之後——

瀨名櫂人像這樣得到了家人。

＊＊＊

不久後，櫂人用拳頭粗暴地擦了擦眼角，從小雛那邊移開身體。他紅著眼喃喃低語。

「讓妳看到我可悲的一面了……已經沒事了。」

「哼，余什麼都沒看見……不，不是啊。話說在前頭，該哭泣時哭泣並不可恥喔。」

櫂人將臉龐望向伊莉莎白。她並沒有在看他。伊莉莎白依舊眺望著虛空。她噘起嘴脣，

有些冷冰冰地重複說道：

「該哭的時候哭，不是什麼可恥的事情。你就哭吧。」

「嗯嗯，是啊……謝謝。」

櫂人如此說完，微微一笑點了頭。

在那瞬間，伊莉莎白搖曳黑髮突然望向他。她用力地皺起眉心。

「……你的笑容真噁心啊。」

「偏偏要講這個嗎？」

「哼，余誇獎別人才是異常狀況吧！不過，就算余的寢室寢具是最高級的，還是得修理窗戶才行啊。」

「這個可以用魔術處理嗎？」

沒錯，就在他們開始討論時。

有如告知短暫的平穩時光已經結束似的，現場響起刮搔玻璃般的尖銳聲音。嘰咿咿的刺耳聲音令櫂人叫道：

「吵死了！小雛會被吵醒！」

「不，在自行修復時，不管發生什麼她都不會醒過來，放心吧。不過，是什麼事呢？」

乳白色球體從森林上方飛向這邊。教會的緊急聯絡裝置從仍然壞掉的百葉門殘骸飛進室內，停在伊莉莎白等人面前。羽毛從側面輕輕脫落。變回單純的寶珠後，它啪的一聲輕輕掉在伊莉莎白的手掌上。

表面奔出大量文字。解讀完聯絡事項後，伊莉莎白瞪大雙眼。

櫂人產生不好的預感，怯生生地開口詢問。

「伊莉莎白，上面寫了什麼？」

「哎呀呀……就算是我，也被這消息嚇了一跳呢。竟然向很有可能輸給『大王』這個對手的余緊急請求協助啊。」

她搖了搖頭。然後，伊莉莎白靜靜地宣布。

「王都遭受襲擊，三分之一的住民被虐殺──哥多．德歐斯似乎也被殺了。」

櫂人屏住呼吸。王都擁有全大陸三成的人口，應該是人類存續與否的要地。而且哥多．德歐斯這個人物還擁有一旦出現狀況，就會賭上自身性命封印「拷問姬」的立場。在數天前他也跟櫂人交談過。

連擁有一定實力的重要人物都被殺掉，王都現在究竟變成怎樣了。

有如回應櫂人詢問的眼神般，伊莉莎白接著說道：

「王都幾乎呈現毀滅狀態──這樣下去的話，包含聖騎士在內都會全滅。」

這是宣告與惡魔的新一戰──

以及下一幕即將開始的話語。

後記

大家好，我是綾里惠史。

第二集出版了。

這次真的很感謝各位購買《異世界拷問姬》第二集。在這一集裡，我順利地寫完了打從開始寫《異世界拷問姬》時就無論如何都想寫出來的一幕，所以真是感慨萬千。具體說嘛，就是新娘無雙。在構思小雛這個角色時，我就覺得這個非寫不可。在第二集中發生了很多大事，我懇切地希望各位能看得開心。

如果試著回顧第二集的故事，這是以小雛為中心的一集，第三集則是會以伊莉莎白為中心（預定）。而且，第三集也預定會發生大事，如果各位在意後續發展，我會非常開心。

順帶一提，第二集我也寫了安利美特限定版的小冊子！故事內容就算不看也不會對閱讀本篇造成妨礙，不過可以窺見三人＋「肉販」熱鬧滾滾的愉快日常生活。在意內容的讀者還請務必選購閱讀（進入大肆宣傳模式）。就算只是欣賞鵜飼老師新畫的可愛又妖艷的封面，我也深感榮幸。有伊莉莎白跟小雛的獸耳喔！

還請大家多多關照。

那麼，後記篇幅所剩不多，就按照我書中的慣例進入致謝單元吧。繪出許多美麗插畫的鵜飼沙樹老師，真的很感謝您。特別是封面，因為實在太美，我都說不出話了，只能對您的完美工作表現感到五體投地。設計師、出版相關人員，以及給我許多建議的O責編，在此再次致謝。

還有，也要向最重要的讀者們致上謝意。你們購買本書，對作者來說就是最大的喜悅。第三集我也會竭盡全力，如果各位能夠繼續追下去，我會打從心底感到幸福。

那麼，希望還能與各位相見。

我就一邊對抗肩膀僵硬還有腰痛一邊告退了。

Kadokawa Light Novels

境域的偉大祕法 1 待續

作者：繪戶太郎　插畫：パルプピロシ

你已經與神靈結合，
成為在世上創造出全新魔法技術的「王」——

鬼柳怜生，得年十七歲……原本應該是如此。怜生不知為何復活，而且在他面前出現一名有著紅色長髮、豐胸且容貌美麗的蛇女……蛇女？她還自稱怜生的「妻子」！獲得足以改變世界力量的少年，將對全世界及眾多的「王」展現霸道，故事就此揭開序幕！

Kadokawa Light Novels

虎鯨少女橫掃異世界

作者：にゃお　插畫：松うに

正值花樣年華的十六歲女高中生，
轉生成為沒有天敵的超強虎鯨！

抱著轉生成美少女展開新戀情的期待踏入異世界……結果變成了一隻虎鯨（俗稱殺人鯨）!?以虎鯨之姿被丟進異世界的虎子（原本是女高中生）雖想變回人類，卻事與願違，反倒用她的最強蠻力橫掃敵軍，進而升級！最後甚至被捲進下屆魔王選拔戰當中……？

Kadokawa Light Novels

無職轉生～到了異世界就拿出真本事～ 1～10 待續

作者：理不尽な孫の手　插畫：シロタカ

令人懷念的那位傳說中的戰士
也前來祝賀魯迪烏斯的結婚!?

魯迪烏斯達成進入魔法大學的目的。他為了向關照自己的愛麗兒等人答謝，前往學生會室。此時愛麗兒卻提出問題，魯迪烏斯儘管感到不知所措，依舊明確答道：「我……要和希露菲結婚。」

從尋找新家到準備婚宴，不管做什麼都盡是課題……！

各 **NT$250~270/HK$75~80**

台灣角川

Kadokawa Light Novels

與折原臨也共度黃昏

作者：成田良悟　插畫：ヤスダスズヒト

《DuRaRaRa!!》系列最黑心男人的外傳作品——
愛看好戲的男人，繼續製造災難的胡搞瞎搞劇！

我是情報商人——有名男子如此誇口著。但是，先別談他是不是真的靠著當「情報商人」為業，他的確有能力獲得許多情報。他絕對不是正義的夥伴，也非惡人的爪牙。他就只是愛著眾人罷了。就算結果是毀掉所愛的人，他也能一視同仁地愛著那些人們——

台灣角川

NT$220/HK$68

Kadokawa Light Novels

賭博師從不祈禱 1 待續

作者：周藤蓮　插畫：ニリッ

第二十三屆電擊小說大賞「金賞」得獎作品！
年輕賭徒為拯救奴隸少女，不惜投身招致毀滅的賭局！

十八世紀末的倫敦——賭博師拉撒祿在賭場失手，獲得一筆鉅額賭金，無奈之下購買了一名奴隸少女——莉拉。莉拉的聲帶遭到燒燬，失去感情，拉撒祿將她僱為女僕並教導她讀書。在如此生活中兩人逐漸敞開心房……然而，撕裂兩人生活的悲劇從天而降——

Kadokawa Light Novels

殺戮的天使 1 待續

原作：真田まこと　作者：木爾チレン　插畫：negiyan

日本超人氣心理驚悚解謎ADV遊戲——
完全小說化！

13歲少女瑞依在大樓的最底層醒來。她喪失了記憶，這時全身包著繃帶的殺人魔札克出現在她的面前。然而，瑞依卻求札克殺了她。札克答應瑞依，若讓兩人平安逃出去就殺了她。在「瘋狂的約定」下，兩人開始合力冒死逃出神祕大樓……！

台灣角川

NT$270/HK$80

瓦爾哈拉的晚餐 1~2 待續

作者：三鏡一敏　插畫：ファルまろ

第22屆電擊小說大賞「金賞」得獎作品！
「輕神話」奇幻小說第二集在此登場！

我是山豬賽伊！上次解決世界樹倒塌危機後，我雖然受主神奧丁陛下欽定為英雄，依然每天過著成為餐點再復活的日子……就在這樣的某一天，女武神老么羅絲薇瑟大人因施展神技失敗而大受打擊。為了拯救她受創的心，再怎麼危險的方法我都願意嘗試──！

各 **NT$180~210/HK$50~65**

Kadokawa Light Novels

廢柴以魔王之姿闖蕩異世界 1~2 待續

作者：藍敦　插畫：桂井よしあき

穿著魔王裝扮開外掛，過著廢柴般生活的轉生冒險！
過去的同伴變成大美人，而且還是公會的總帥！

在凱馮和露耶抑止了魔物氾濫之後，出現在他們眼前的人物是——和凱馮一樣來自現實世界的玩家歐因克！兩人很高興地交換了情報，不過卻因此碰上公會與貴族之間發生的爭執⋯⋯！壓倒性的力量連權力都可以打趴在地！隨心所欲的悠哉旅程第二集登場！

台灣角川

各 NT$220/HK$68

國家圖書館出版品預行編目資料

異世界拷問姬 / 綾里惠史作 ; 梁恩嘉譯 -- 初版
-- 臺北市 : 臺灣角川, 2017.06-
冊 ;　公分
譯自 : 異世界拷問姬
ISBN 978-986-473-716-1(第1冊 : 平裝). --
ISBN 978-957-853-123-9(第2冊 : 平裝)

861.57　　106006382

Kadokawa
Fantastic
Novels

異世界拷問姫 2

（原著名：異世界拷問姫 2）

2017年12月25日　初版第1刷發行

作　　者：綾里惠史
插　　畫：鵜飼沙樹
譯　　者：梁恩嘉

發 行 人：成田聖
總　　監：黃珮君
總 編 輯：蔡佩芬
編　　輯：孫千棻
美術設計：黃永漢
印　　務：李明修（主任）、黎宇凡、潘尚琪

發 行 所：台灣角川股份有限公司
地　　址：105台北市光復北路11巷44號5樓
電　　話：（02）2747-2433
傳　　真：（02）2747-2558
網　　址：http://www.kadokawa.com.tw
劃撥帳戶：台灣角川股份有限公司
劃撥帳號：19487412
法律顧問：寰瀛法律事務所
製　　版：巨茂科技印刷有限公司
ISBN：978-957-853-123-9
香港代理：香港角川有限公司
地　　址：香港新界葵涌興芳路223號新都會廣場第2座17樓1701-02A室
電　　話：（852）3653-2888